LE SECTEUR KODIAK

LES LOUPS DU V-CLAN

AUTEURE À SUCCÈS USA TODAY

LEXI C. FOSS

Titre original : *Kodiak Sector*

Titre français : *Le Secteur Kodiak*

Copyright © 2026 Lexi C. Foss

Édition : Outthink Editing, LLC

Relecture : Katie Schmahl et Jean Bachen

Traduit de l'anglais (US) par Jean-Marc Ligny

Conception de la couverture : Jay R. Villalobos avec Covers by Juan

Photographie de couverture : Michelle Lancaster

Modèles de couverture : David & Darcie

Publié par Ninja Newt Publishing, LLC

Édition numérique

ISBN : 978-1-68530-371-6

Édition imprimée

ISBN : 978-1-68530-449-2

À mon âme sœur, merci d'être mon partenaire dans la vie et un père formidable pour notre fils.

LE SECTEUR KODIAK

KODIAK

UN ROMAN DU V-CLAN

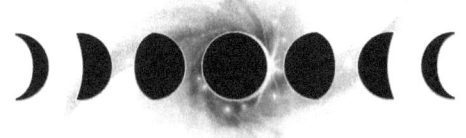

LE SECTEUR KODIAK

Bienvenue dans le secteur Kodiak, qui abrite les Alphas les plus féroces
du monde du Z-Clan.
C'est un endroit mortel pour une Oméga comme moi.
Mais mon promis est déterminé à me ramener dans l'enfer d'où je viens,
afin de sauver sa sœur.

Il pense que je sais comment la retrouver.
Ce n'est pas le cas.
Je *vois* juste des choses. Comme l'avenir.
Et en ce moment, il est rempli de douleur et de sauvagerie.

Jusqu'à ce que tout à coup, mes visions disparaissent.
Ce qui laisse présager un sort pire que la mort.
Un destin que je commence à comprendre lorsque j'entre en chaleur
dans les Terres Nomades près du secteur Kodiak.

Mon promis est soudain contraint de choisir : sa sœur ou moi ?
Pour une fois, je ne vois pas ce qui va se passer.
Mais au fond de mon cœur, je sais qui il sauvera.
Car personne ne me choisit jamais.

UN MOT DE LEXI

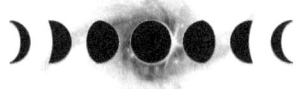

Le Secteur Kodiak est une histoire d'amour indépendante qui se déroule dans l'univers du V-Clan et du Z-Clan. Il n'est pas nécessaire d'avoir lu d'autres livres avant celui-ci pour suivre l'intrigue. Cela dit, Ashlyn et Grey se sont rencontrés la première fois dans *Le Secteur de l'Éclipse*. Donc, si vous préférez suivre l'histoire dans l'ordre chronologique, je vous conseille de lire d'abord *Le Secteur de l'Éclipse*.

C'est une romance au rythme rapide avec des thèmes forts de l'Omégavers. On y trouve des dynamiques Alpha/Oméga, des nids, des ronronnements, les cycles œstraux et, bien sûr, des *nouages*. Si vous n'êtes pas familier avec ces termes, ne vous inquiétez pas, ils sont expliqués tout au long du livre.

Ceux d'entre vous qui connaissent bien les thèmes de l'Omégavers voudront peut-être savoir s'il est sombre ou doux : c'est un monde obscur avec une romance plus douce. Honnêtement, je m'attendais à bien plus d'angoisse (compte tenu de la voix d'Ashlyn dans ma tête), mais le côté franc de Grey l'a rendu beaucoup plus facile à gérer que Cillian, qui est têtu.

D'ailleurs, si vous préférez l'angoisse et les livres plus longs, je vous recommande *Le Secteur de l'Éclipse*. Mais si vous aimez les romances plus courtes à combustion rapide, j'espère que vous apprécierez l'histoire de Grey et Ashlyn.

Pour finir, sachez qu'il existe un arc narratif global qui se poursuivra dans *Le Secteur Lunaire* et potentiellement dans la série Drakon-Clan. Toutefois cette romance est une histoire indépendante avec une fin heureuse.

Points forts du Secteur Kodiak :

✔ Consentement entre le héros et l'héroïne

✔ Lecture rapide/page-turner

✔ Contenu sombre mentionnant des comportements non consentis entre d'autres Alphas et Omégas (pas entre le héros et son héroïne)

✔ L'héroïne craint une agression potentielle dans le futur (spoiler pour ceux qui s'inquiètent : il y a des mentions de cela tout au long du livre et une scène qui frôle cette expérience de son point de vue — **il n'y a pas d'agression réelle dans ce livre**).

✔ Peu d'angoisse

✔ Pas de drame avec une autre femme ou un autre homme (pas d'infidélité)

✔ Grossesse

✔ Énergie primale

✔ Mâle Alpha possessif à l'excès

✔ Une ambiance de « Tu la touches, tu meurs »

✔ Nouages, nids, ronronnements, grognements (évidemment, ce livre ne serait pas complet sans ces éléments, n'est-ce pas ?)

Bonne lecture ! <3

INTRODUCTION

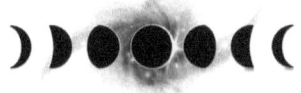

Il y a près d'un siècle, un virus de type zombie s'est répandu à travers le monde, détruisant plus de 90 % de la race humaine. De nombreuses espèces surnaturelles étaient immunisées contre le fléau. D'autres ne l'étaient pas.

Ceux qui ont survécu, qu'ils soient humains ou surnaturels, règnent désormais sur leurs propres territoires, également appelés secteurs.

Vous êtes sur le point d'entrer dans le monde du V-Clan, une race de loups métamorphes aux traits vampiriques. Ces êtres préfèrent la nuit. Ils prospèrent grâce à la magie. Et surtout, les Alphas de cette race chérissent leurs compagnes Omégas.

Le Secteur Kodiak est un roman hybride unique qui s'aventure également dans le monde du Z-Clan, un royaume peuplé d'Alphas sauvages qui se transforment en loups de la taille d'ours polaires. Ils sont intenses. Ils sont méchants. Et ils ne sont *pas* gentils avec leurs Omégas.

C'est un avenir sombre. Certaines espèces surnaturelles sont bien plus violentes que d'autres. Cela deviendra évident dans ce roman.

PROLOGUE

GREY

Secteur Kodiak

Mon sang se fige à la vue de la scène devant moi.

Une sensation qui n'a rien à voir avec l'environnement glacial, l'air givré ou le climat hivernal du secteur Kodiak. Elle est entièrement due à l'Oméga gelée qui gît dans l'eau.

Putain.

J'ai mis bien trop de temps à décoder les notes énigmatiques de cette femme dans ses maudits journaux. J'ai envie de l'étrangler pour ne pas avoir été plus communicative. Et de m'excuser à genoux de l'avoir laissée subir ce sort.

Ce que je m'apprête à faire quand je remarque le tremblement de sa lèvre inférieure, dont la teinte bleutée évoque la mort. Ses épaules se mettent à trembler à leur tour et elle halète légèrement, comme si elle venait de se réveiller d'une sieste. Puis elle se met à claquer des dents, et je prends soudain conscience que je suis en train de perdre un temps précieux.

Car elle est bien vivante – et souffrante.

Elle a pris un bain glacé pour masquer son doux parfum, pensé-je en réfrénant un soupir. Un choix stupide, quoique intelligent.

Secouant la tête, je m'avance, prêt à commencer je ne sais quel jeu auquel nous allons jouer tous deux.

— Très bien, petite énigme, dis-je, lui faisant savoir que je suis là et qu'elle peut cesser cette comédie.

Mais lorsqu'elle ouvre des yeux papillotants, je réalise que ce n'est pas du tout une comédie. Elle est littéralement en train de mourir dans cette eau glacée. En train de *mourir* en m'attendant.

J'ai de nouveau envie de l'étrangler. Sauf qu'elle me regarde comme si j'étais la douceur qu'elle attendait, le soleil tant désiré, la chaleur dont elle a désespérément besoin.

Mais ce regard admiratif se teinte d'une lueur de peur qui fait battre mon cœur un peu plus vite.

— Tu… tu es là, balbutie-t-elle d'une voix à peine audible.

Fronçant les sourcils, je lui tends la main, déconcerté par ses émotions changeantes.

— Je t'emmène dans un endroit chaud, lui proposé-je.

Elle m'observe un instant, comme si elle se demandait si elle peut me faire confiance.

Je dois être couvert de sang après la bataille dans le secteur Sanglant, mais je suis venu tout droit ici après avoir enfin compris le message énigmatique d'Ashlyn. Je n'ai pas eu le temps de prendre une douche.

Je m'apprête à m'excuser, me demandant si c'est ce que l'Oméga désire entendre avant d'accepter ma main, quand des hurlements retentissent au loin.

On s'en fiche, me dis-je en me penchant pour sortir la femme de l'eau glacée. *Putain, depuis combien de temps est-elle allongée ici ?* Je sens la froideur de sa peau me remonter le long des bras.

Au lieu d'exprimer tout cela à voix haute, je nous éclipse vers un endroit plus sûr. Plus *chaud*. Pas trop loin, car nous avons une affaire à régler dans le secteur Kodiak. Mais assez loin pour assurer sa protection pendant qu'elle se remet de son bain glacé.

Nous nous matérialisons dans une grotte que j'ai aménagée en l'une de mes nombreuses tanières. Ashlyn reconnaît les lieux, ce qui me dit qu'elle a *vu* cela. Tout comme je suis sûr qu'elle a vu beaucoup d'autres choses. Ce qui rend son choix de venir dans le secteur Kodiak quelque peu mystérieux à mes yeux.

Pourquoi t'es-tu laissée mourir de froid ? ai-je envie de lui demander.

À la place, j'attrape une couverture sur un canapé et l'enroule autour de son corps nu – un corps que j'aurais bien plus admiré s'il n'était pas si bleu. Cela ne m'empêche pas de la serrer contre moi, malgré tout. Elle tremble tellement fort que c'est un miracle qu'elle ne se soit pas mordu la langue.

Je lui pince le menton et penche sa tête en arrière pour plonger mon regard dans ses grands yeux bleus. Elle semble si petite dans mes bras, si *fragile*.

Et je déteste ça. Les Omégas sont censées être adorées, pas maltraitées. Or je me sens responsable de sa souffrance actuelle. Ce qui est ridicule, puisque ce n'est pas moi qui l'ai plongée dans cette eau. Elle s'y est mise toute seule.

Mais c'est moi qui ai mis une éternité à déchiffrer ses mots cryptiques, dont je n'avais même pas réalisé qu'ils m'étaient destinés jusqu'à il y a quelques minutes.

Ashlyn et moi... nous ne nous connaissons pas vraiment. Nous nous sommes rencontrés, oui. Mais elle ne me connaît pas trop. Et à part le fait qu'elle soit une

Oméga du Z-Clan qui m'a clairement reconnu dès notre première rencontre, ce qui suggère qu'elle a eu des visions de moi dans le passé, je ne la connais pas trop non plus. Du moins, rien de plus que ce que j'ai lu dans ses journaux, auxquels j'ai eu accès parce qu'elle les a laissés pour qu'on les trouve. Elle voulait aussi qu'on les lise. C'est pourquoi elle a laissé tous ces indices pour qu'on la repère dans le secteur Kodiak.

Sauf qu'elle n'a pas écrit que ça…

— Je vais te réchauffer, lui promets-je, mon regard toujours rivé au sien. Ensuite, nous parlerons de ces petites notes dans ton journal au sujet de Nikiski. Et après, tu m'aideras à la retrouver.

Car Nikiski possède mon cœur.

Je la recherche depuis des années.

Ma douce Oméga. Ma protégée. *Ma petite sœur…*

1

ASHLYN

Terres Nomades, Alaska

Allez, Ash, m'exhorté-je. *Vas-y… sors affronter ton destin.*

Je ne suis pas une Oméga docile. Je suis une voyante puissante. Je… je ne me *cache* pas dans les salles de bain.

Sauf que l'Alpha de mes rêves se tient juste derrière la porte. Mon futur compagnon. Mon *promis*.

Je le sais grâce à mes dons de voyance, qui sont à la fois une bénédiction et une malédiction. Une bénédiction, car je peux les utiliser pour aider les autres. Une malédiction, car ils ne m'aident jamais moi-même.

Argh. Parfois, voir l'avenir fait vraiment mal.

Agrippée au lavabo en marbre, je ferme les yeux et réfrène mon envie de grogner.

Je me cache ici depuis que Grey m'a déposée dans la baignoire il y a une heure. Mais je ne peux m'empêcher de penser à ses bras puissants, à la façon dont ils m'ont enlacée pour me protéger tandis qu'il m'éclipsait dans l'une de ses tanières.

Dieux, je n'arrive pas à croire que ça arrive enfin… J'ai

attendu Grey pendant des jours sur les côtes glacées du secteur Kodiak. J'ai presque craint qu'il n'arrive pas. Mais il est venu. Et maintenant, nous sommes ici.

Et je me cache dans sa salle de bain comme une lâche. Ça suffit, grimacé-je.

Je ne suis pas ce genre de femme. Je suis une Oméga du Z-Clan qui a survécu à l'enfer. Je peux aussi survivre à cette destinée.

Je me redresse et gagne la porte, consciente que je ne porte qu'un peignoir. Mais Grey ne m'a pas donné de vêtements. Sans doute parce qu'il n'en a pas qui me vont, car je mesure à peine un mètre soixante. Grey mesure… eh bien, au moins trente centimètres de plus que moi. Sûrement près d'un mètre quatre-vingt-dix. Ses gènes Z-Clan le rendent plutôt grand.

Je parie que son loup est énorme, lui aussi. Et d'autres parties de son corps.

Je m'éclaircis la gorge. *Ne pense pas au nœud de l'Alpha, Ash. Ni à sa bête. Contente-toi… contente-toi de franchir le seuil et…*

On frappe à la porte, me faisant reculer d'un bond et pousser un cri aigu.

— Ashlyn ? Ça va ?

La voix grave de Grey traverse facilement le bois.

— Euh…

Je ferme les yeux et reprends mon souffle.

C'est ridicule. Arrête de te cacher et affronte ton destin, m'intimé-je.

Lâchant un soupir, je reviens à la porte et l'ouvre prudemment.

— Je… je vais bien, lui dis-je. C'est juste que… je m'adapte au changement de température.

Quelle déclaration inepte. Je suis une métamorphe. J'étais guérie et je me sentais bien cinq minutes après mon arrivée ici. Il le sait. Je le sais. Mais heureusement, il ne relève pas. Il acquiesce, comme s'il comprenait, et recule d'un pas.

— Je t'ai préparé à manger.

Je bats des paupières, me sentant encore plus idiote et perdue.

— Oh. (C'est le genre de choses que je pressens généralement, mais avec Grey, ma vision est… anormale.) Merci ?

Il me regarde en sourcillant, sûrement parce que ma gratitude ressemblait à une question. Parce que, eh bien, je ne sais pas.

— Je suis désolée, reprends-je en secouant la tête. Tout ça, c'est juste… (J'esquisse une moue.) On peut recommencer ?

Il hausse un sourcil blond.

— Recommencer ?

— Comme… refaire connaissance ?

Il s'adosse au mur, croisant ses bras musclés. Mon regard est attiré par sa chemise blanche moulante. Elle est propre, impeccable. *Elle sent la neige fraîche sur les conifères.*

— J'ignorais que cette tanière avait plus d'une douche.

Dans toutes mes visions de cet endroit, je n'avais vu qu'une seule chambre avec une salle de bain attenante, ainsi qu'un petit salon avec une kitchenette et une table.

Peut-être que ce n'est pas le repaire de mes visions ? pensé-je en promenant mon regard autour de moi, dubitative. *Non. Non, c'est bien ici que tout se passe…*

Grey m'observe de ses yeux glacés.

— Ce n'est pas le cas.

— Oh.

Encore ce mot. *Très éloquent, Ash,* grommelé-je pour moi-même. *Tu es géniale.*

— Je me suis baigné dehors, précise Grey, toujours en me scrutant de son regard glacial. Il faisait froid, mais ça a fait l'affaire. (Il passe ses doigts dans ses cheveux blonds humides, dont les pointes atteignent ses épaules massives.) Et non, petite énigme. Nous ne pouvons pas *refaire connaissance*. (Il s'écarte du mur.) Parce que nous ne nous sommes jamais *connus*.

Je contemple son dos bouche bée tandis qu'il se dirige vers la petite table garnie de deux chaises. Il en tire une, puis me lance un coup d'œil.

— Je m'appelle Grey, murmure-t-il. Je suis moitié Alpha du V-Clan, moitié Alpha du Z-Clan. Je fais partie des Élites du prince Cael du secteur Lunaire. Mais bien sûr, tu sais déjà tout ça. C'était écrit sur ma carte de candidat Alpha pour le programme d'accouplement.

Il me laisse la chaise et s'assoit en face de moi, ses mouvements m'évoquant davantage une panthère furtive qu'un ours polaire brutal. Ce qui est intéressant, car les Alphas du Z-Clan ont tendance à être très grands sous leur forme de loup. Très semblables à des ours, pas à des chats.

— Hum, marmonné-je, plus pour moi-même que pour lui, car je suis intriguée.

J'aime bien cet Alpha. Bien sûr, j'ai rêvé de lui toute ma vie, nos destins étant voués à s'entremêler. Je suis donc légèrement partiale en sa faveur. Et j'apprécie aussi qu'il se prête au jeu.

— Je suis Ashlyn, Oméga du Z-Clan, lui dis-je à mi-voix en venant m'asseoir à table. Je n'ai pas rejoint le programme d'accouplement pour trouver un partenaire, mais je suppose que tu le sais déjà aussi.

— Oui, murmure-t-il. Les loups du Z-Clan s'en remettent au destin.

Ce n'est pas une question, mais une affirmation. Cependant, je ressens tout de même le besoin de répondre :

— Oui.

Il n'émet pas de commentaire, il prend mon bol et y verse quelque chose à l'aide d'une cuillère depuis la marmite posée entre nous.

Des spaghettis, remarqué-je, plutôt amusée par son choix.

— Tu t'es inscrite au programme d'accouplement parce que tu savais qu'il allait arriver quelque chose aux autres Omégas, dit-il, de nouveau comme une affirmation et non une question. Et pour me rencontrer.

— Oui, admets-je. Mais aussi non.

Il hausse de nouveau son sourcil de la même couleur que ses cheveux.

— J'y ai participé parce que je voulais aider les Omégas, précisai-je. Mais je ne savais pas que tu serais là.

C'est pourquoi je suis tombée dans ce lac glacé quand il est apparu. Ce n'est pas ainsi que j'avais prédit notre première rencontre. Non pas que nous nous soyons réellement rencontrés… comme il vient de le souligner. Nous ne nous sommes pratiquement pas adressé la parole. Il a simplement sauté dans l'eau et m'en a sortie, puis l'Alpha Cillian m'a raccompagnée aux igloos du secteur des Glaciers.

C'est peut-être notre truc, me dis-je. *Se retrouver dans l'eau glacée.*

— Je déteste profondément le mensonge, Oméga, m'informe Grey d'un ton catégorique.

— Je ne mens pas, Alpha, lui promets-je.

Son expression s'assombrit, l'atmosphère entre nous paraît se refroidir.

— La reine Quinnlynn t'a informée de mon intention de participer. Et tu l'as approuvée.

— Eh bien, oui, c'est vrai. Cependant, le moment où nous nous sommes vus pour la première fois n'était pas celui que j'avais vu dans mes visions, lui expliquai-je. Tu as déclaré que j'avais rejoint le programme d'accouplement pour te rencontrer. J'ai corrigé ton hypothèse : j'ai rejoint le programme avant d'apprendre que tu y participais. Je ne m'attendais pas à te rencontrer pendant le programme.

Il sourcille.

— Alors quand devions-nous nous rencontrer ?

— En… (Je ferme les yeux et soupire.) Au large des côtes du secteur Kodiak. C'est là que mes visions de toi commencent.

Il ne dit rien. Je l'entends remuer les nouilles dans son bol à petits gestes méticuleux. Je lui biaise un regard et constate qu'il me fixe toujours, mais n'a plus cet air sombre. Il paraît juste intéressé maintenant.

— Qu'est-ce que tu as vu d'autre entre nous, voyante ?

— Tu veux en savoir plus sur ta sœur, traduis-je.

— Je veux tout savoir, me corrige-t-il. Et j'aimerais aussi que tu manges. S'il te plaît.

Je baisse les yeux vers mon bol, plissant légèrement les lèvres.

— Tu n'aimes pas les spaghettis ?

— Si, j'aime ça, c'est juste que… (Je relève les yeux.) La sauce tomate me fait penser au sang qui te couvrait quand tu m'as sortie de l'eau. (Je fronce le nez.) Je suppose que le prince Tadhg est mort ?

Le prince Tadhg est le monstre qui m'a éclipsée au secteur Kodiak et m'y a abandonnée pour être violée et tuée par tous les Alphas du Z-Clan. C'est pour ça que je me suis jetée dans l'eau glacée, pour masquer mon odeur en attendant que Grey me trouve. J'étais sûre qu'il viendrait, surtout parce que mes visions me l'avaient prédit. Mais ça a pris bien plus de temps que prévu.

Toutefois, nous sommes désormais sur le chemin qui nous est destiné.

Ce qui signifie que nous approchons du compte à rebours fatidique.

— Tu n'avais pas *pressenti* sa mort ? (Il y a une subtile pointe de sarcasme dans la voix de Grey, qui me ramène à notre discussion.) J'imagine que c'est pour ça que tu as tout mis en scène avec ces journaux.

Je fais la moue.

— Je n'ai rien *mis en scène*. J'ai juste… essayé d'aider.

C'est tout ce que je peux faire avec mes visions de l'avenir. Si je les explique en détail, alors tout change. Mais au cours du dernier siècle, j'ai appris que le fait d'écrire des indices subtils peut souvent influencer les décisions des autres.

S'ils lisent mes textes, en tout cas. Ce que Grey a manifestement fait, puisqu'il est là.

PPS : Notre passé nous rend plus forts, pas plus faibles. Souviens-toi de ça. Souviens-toi d'où tu viens. Et comprends une fois pour toutes que tu n'es pas lui. Mais parfois, tu dois penser comme lui pour trouver la vérité. Pour me trouver… moi.

C'était la partie de mon journal intime que je voulais qu'il voie. Heureusement, il l'a lue. Et heureusement, nous sommes ici maintenant.

Enfin, malheureusement aussi, je le crains. En supposant que mes visions de l'avenir soient correctes.

Je me retiens de soupirer, goûte plutôt le plat devant moi. Dès que la saveur atteint mes papilles, je gémis presque de plaisir, et mon estomac se contracte soudain, tenaillé par une faim brutale.

Oracle, quand ai-je mangé pour la dernière fois ? Je sais que ça fait des jours, voire plus.

J'ai été aux « bons soins » du prince Tadhg pendant…

eh bien, j'ignore combien de temps. Peu importe. Il ne m'a pas agressée, disant qu'il préférait laisser les Alphas du Z-Clan s'en charger. « Tu seras un beau cadeau, m'a-t-il dit avant de me déposer. Ça aidera à consolider notre alliance. »

— Je suis contente qu'il soit mort, dis-je doucement. (Grey ne l'a pas vraiment affirmé, mais je suppose que le sang qu'il avait sur lui tout à l'heure provenait en partie du prince Tadhg.) C'était un Alpha horrible.

Grey garde le silence un long moment, puis finit par répondre :

— Cillian lui a arraché la tête, puis Cael s'est occupé des restes.

J'essaie d'imaginer cette scène grotesque, mais si mon esprit peut se représenter des événements futurs, je ne parviens pas vraiment à visualiser le passé. C'est étrange. Mais je suis contente que Grey ait confirmé la mort du prince Alpha.

— Hawk va-t-il devenir le nouveau prince du secteur Alpha ?

Grey hausse les épaules.

— Je ne m'intéresse pas à la politique.

J'arque un sourcil en prenant le verre d'eau à côté de mon bol de spaghettis.

— Tu es le commandant en second du secteur Lunaire. Ça me semble politique, Alpha Grey.

— Juste Grey, me corrige-t-il doucement. Et je croyais que tu ne savais rien de moi ?

— Je n'ai jamais dit ça, murmuré-je. (Je bois une gorgée de mon verre et le repose.) Je t'ai demandé si on pouvait recommencer les présentations, puisque nous n'avons jamais vraiment fait connaisssance. Mais en fait, j'en sais beaucoup sur toi, Alpha.

— Grey, me corrige-t-il de nouveau. Et dis-moi, petite énigme, qu'est-ce que tu as vu au juste ?

Mes lèvres tremblent.

— On sait tous les deux que ça ne marche pas comme ça.

— Vraiment ? (Il se penche en arrière sur sa chaise.) D'après ce que j'ai compris, si tu communiques ce que tu sais, ça changera la donne. Ça veut dire que tu préfères que nous restions sur la voie qui nous est destinée ?

Et toute forme d'amusement que j'aurais pu ressentir… s'évapore.

Car non, je ne veux vraiment pas suivre cette voie. Je sais comment elle se termine.

Je serai mise en pièces par une meute d'Alphas sauvages.

Je déglutis, mon estomac ne désirant plus aucune nourriture.

— Je vais t'aider à trouver Nikiski, dis-je à Grey.

Je sais que c'est ce qui lui tient vraiment à cœur. La raison pour laquelle nous sommes ici. Cela fait des années qu'il s'est donné pour mission de retrouver sa petite sœur, et d'une manière ou d'une autre, je vais l'aider.

Si seulement je savais *comment* je suis censée l'aider.

Les visions sont floues. Ce qui est étrange, car elles sont généralement assez claires. Or ma destinée avec Grey a toujours ressemblé à un nuage de résultats potentiels. Et aucun d'eux n'est bon.

— Je pensais que c'était le but de toutes tes notes énigmatiques.

— Mes notes énigmatiques ?

— Oui, à propos de la traite d'esclaves Omégas. (Son regard glacial capture le mien.) Tu sais où est ma sœur.

— En fait, je…

Il s'écarte de la table si brusquement que j'en ai le

souffle coupé. Mes paroles se perdent dans l'air désormais gelé tandis qu'il fixe la paroi de la grotte.

— Excuse-moi, dit-il avant de disparaître.

Je tressaille, mon esprit se remémorant aussitôt toutes les visions de lui *disparaissant*. Me laissant à mon sort. *La choisissant plutôt que moi.*

Mes épaules s'affaissent un instant, tandis que je pense à ce qui arrivera un jour.

Puis je secoue la tête et reprends mon verre d'eau. *S'apitoyer sur ton sort ne change pas le destin, Ash,* me rappelé-je. *Considère les aspects positifs. Tu vas sauver sa sœur tôt ou tard.*

Cela me coûtera cher sur le plan personnel, mais c'est pour ça que le destin m'a donné ce don : pour faire passer les autres avant moi.

Je bois une gorgée d'eau et réfléchis à la suite. Puis je me lève et sers un autre bol. Car nous allons avoir de la compagnie.

Et quand il arrivera, le compte à rebours commencera officiellement.

2

GREY

— Tu ne devrais pas être ici, dis-je en me matérialisant à l'extérieur de ma tanière.

Cael a les mains dans les poches de son pantalon chic, ses cheveux noirs sont en bataille et mouillés comme s'il venait de prendre une douche.

Je parie que cette douche était bien plus chaude que mon bain glacé. Hélas, le sang de la bataille dans le secteur Sanglant avait commencé à sécher sur ma peau, rendant le bain indispensable. Mais quand il est devenu évident qu'Ashlyn n'allait pas quitter mon unique salle de bain de sitôt, j'ai préféré me rendre au lac tout proche au lieu d'attendre plus longtemps.

— Je sais, répond Cael à mon propos sur le danger que représente sa présence ici. (Bon, ce n'est pas exactement ce que j'ai dit, mais c'était sous-entendu.) Maintenant laisse-moi entrer, ajoute-t-il en indiquant la rune qui lui bloque l'accès.

C'est cette même rune qui m'a alerté de son arrivée quelques secondes plus tôt, déclenchant une alarme retentissante dans ma tête qui me fait maintenant souffrir.

Dardant sur lui un regard noir, je fais ce qu'il me demande et modifie la magie de la rune pour lui permettre d'accéder à mon repaire. Cet homme est pratiquement mon frère, ses parents ayant aidé à m'élever après nous avoir sauvés, ma mère et moi, des griffes de mon féroce de père.

Ce n'est pas un souvenir que j'ai envie de revivre en ce moment. Pourtant, il me hante à chaque foutu pas que je fais.

— Merci, dit Cael.

Il franchit la barrière protectrice autour de mon refuge – qui est en fait une grotte – et attend que je remette les protections en place. C'est l'un de mes dons issus du V-Clan, et je suis quasi sûr qu'il est renforcé par ma génétique Z-Clan. Une forme de magie rare, mais extrêmement utile. Surtout en ce moment.

— Notre petite voyante a-t-elle fourni quelque chose de pertinent ? s'enquiert-il.

Notre ? répété-je mentalement. *Elle n'est pas à* nous. *Elle est à* moi.

Les loups du Z-Clan sont liés par le destin. Et cette Oméga est *ma* promise. Je l'ai su dès que j'ai vu son dossier dans le nouveau programme d'accouplement. C'était écrit dans ses jolis yeux bleus, dans la façon dont ils me fixaient à travers l'écran. Je savais que je regardais mon avenir. C'est pour elle que j'ai rejoint le programme.

Je pensais qu'elle s'était inscrite pour moi aussi. Mais il est vite devenu évident qu'elle était là pour des raisons altruistes, ce qu'elle a confirmé tout à l'heure. Toutefois, son affirmation comme quoi je ne faisais pas partie de sa décision de s'inscrire m'a déconcerté. Je ne l'ai pas crue au début, mais son explication était logique.

Ma petite énigme est pleine de commentaires cryptiques. Pourtant, elle est aussi… sincère. Je l'ai vu dans son expression, l'ai senti dans son parfum. Elle n'est pas du genre à mentir. Mais je ne doute pas non plus qu'elle soit du genre à masquer la vérité. Quand c'est nécessaire, en tout cas.

— Grey ?

Cael ramène mon attention sur lui et le froncement de sourcils qu'il arbore à présent.

— Ce n'est pas *notre* petite voyante, lui dis-je d'un ton ferme. C'est la *mienne*.

Ses sourcils noirs rejoignent sa frange de cheveux tout aussi noirs.

— La *tienne* ? ricane-t-il. Je m'absente quelques heures et tu cours revendiquer une Oméga ?

— Pas besoin de la revendiquer, grommelé-je. Elle est née pour être mienne, tout comme je suis né pour être sien.

Il secoue simplement la tête en sifflant doucement.

— Je me demandais pourquoi tu avais rejoint le programme d'accouplement. Je crois que j'ai enfin la réponse.

— Tu connaissais la réponse dès le début, Cael. Ne fais pas comme si c'était nouveau pour toi. (C'est le prince Alpha le plus intuitif qui soit ; c'est dans son sang, dans ses satanés dons.) Tu ne peux pas me faire marcher comme tu le fais avec les autres.

— Je sais, répond-il d'un ton attristé. C'est ce qui rend notre amitié si ennuyeuse.

Je lève les yeux au ciel.

— T'es qu'un connard.

— Mais ça rend les disputes plus intéressantes, poursuit-il, feignant de ne pas m'entendre. Et te provoquer est encore plus délicieux.

Je le fusille du regard.

— Es-tu ici pour quelque chose d'utile ? Ou juste pour me faire perdre mon temps ?

— Je suis venu parler à notre petite voyante, répond-il.

Je serre les dents.

— Tu veux dire que tu es là pour te faire botter le cul.

— Peut-être, sourit-il. Mais je pense que ce serait beaucoup plus agréable pour nous d'aller nous amuser avec quelques Alphas dans les Terres Nomades.

— J'essaie de masquer notre présence ici pour une bonne raison, lui rappelé-je.

Il hausse légèrement les épaules.

— Eh bien, tu ne parais pas si intéressé que ça à me parler de cette raison, alors je te suggérais une autre activité.

— Tu es exaspérant.

Je l'attrape par l'épaule et nous éclipse dans ma tanière, car il n'y a pas de porte.

— Tu es peut-être le seul Alpha au monde à pouvoir t'en tirer en m'insultant deux fois de suite, dit-il lorsque mon salon apparaît. Même Dixon ne tente pas autant sa chance.

— Je n'ai pas peur de toi, *Votre Majesté*.

Je lui adresse une révérence moqueuse, puis retourne dans le coin repas où je trouve un troisième bol de spaghettis déjà posé sur la table, ainsi qu'une chaise qu'Ashlyn a dû rapporter du salon. Elle est assise dessus au lieu de celle en bois où je l'avais laissée, sa petite silhouette paraissant minuscule à côté de la tapisserie géante qui l'entoure.

— Bonjour, prince Cael, salue-t-elle chaleureusement. Je suis ravie de vous revoir.

— Petite voyante, murmure-t-il, tout son charme en action, tandis qu'il s'approche pour lui prendre la main.

Je sais ce qu'il va faire une seconde avant qu'il ne se penche, et je dois faire appel à toute ma retenue pour ne pas l'arracher à mon Oméga prédestinée.

Elle rougit lorsqu'il baise son poignet, un geste intime qui m'exaspère encore plus. Car cet enfoiré sait exactement ce qu'il fait, et il me le dit dans son regard. Ses yeux bleu-vert brillent d'amusement, il remarque sans doute la fureur émanant de mon aura.

— Tu veux une autre insulte ? lui lancé-je entre mes dents serrées.

— C'est une nouveauté, c'est certain, réplique-t-il en prenant la chaise que j'ai quittée tout à l'heure, comme s'il était chez lui dans ma tanière. Tu es généralement très créatif avec les mots, Grey.

— Non, pas du tout, rétorqué-je, sachant qu'il essaie encore de me pousser à bout.

C'est ce qu'il a toujours fait. C'est pourquoi il est comme un frère pour moi.

Curieusement, il ne se moque jamais ainsi de son vrai frère, Dixon. Ils ont plutôt un lien solide et silencieux. En revanche, Dixon et moi n'avons aucun lien du tout. Il ne m'a jamais accepté comme membre de la famille, et encore moins comme membre du secteur Lunaire.

Ce n'est pas surprenant : la plupart des Alphas du V-Clan détestent mon existence. Je suis un hybride bâtard et donc inférieur à leurs yeux. Ce qu'ils ne réalisent pas, c'est que je tiens principalement de ma mère en termes de pouvoir et de capacités mentales. Tout ce que j'ai hérité de mon père Alpha du Z-Clan, c'est sa taille et sa force. *Et ses besoins féroces,* pensé-je en regardant Ashlyn.

J'ai été témoin des ruts de mon père à de nombreuses reprises pendant ma jeunesse, et je n'ai aucune envie de faire subir cela à une Oméga. Pourtant, je sens ma bête rugir en moi, exigeant que je goûte à la douce femelle assise dans mon antre. *La goûte et la revendique.*

Je m'éclaircis la gorge et me force à m'asseoir sur la chaise qu'elle occupait, puis je tends la main pour échanger les deux bols de spaghettis avant que Cael ne mange dans le mien. Mais Ashlyn se penche pour les échanger de nouveau, croisant mon regard.

— Je savais déjà où il allait s'asseoir. C'est celui-ci le tien, dit-elle en le posant devant moi. Les spaghettis sont bons, au fait. Merci.

— Bons ? répété-je, pas sûr d'apprécier cet adjectif. Si tu les aimes, pourquoi tu n'en as pas mangé plus ?

— Je n'ai pas très faim.

— Je t'ai déjà dit ce que je pensais des mensonges, Oméga, lui rappelé-je, certain qu'elle ment maintenant. Tu n'as rien mangé depuis des jours. Si tu veux autre chose, dis-le-moi, je te le préparerai.

Elle jette un regard incrédule à ma kitchenette.

— Je ne crois pas que nous ayons beaucoup de choix, Alpha Grey.

Cet *Alpha* devant mon nom fait gronder la bête en moi, non pas parce que je le déteste, mais parce que je l'*aime*. C'est pourquoi je lui ai demandé de m'appeler *Grey*. Mais ma petite énigme n'a pas l'air de vouloir abandonner les formalités.

Très bien.

— Je peux chasser, *Oméga* Ashlyn, dis-je en m'assurant qu'elle perçoive l'irritation dans ma voix — à la fois parce qu'elle a choisi d'employer mon titre officiel et parce qu'elle insinue que je ne peux pas combler ses besoins. Dis-moi ce que tu veux manger.

Ses épaules s'affaissent légèrement, et elle baisse les yeux sur son bol.

Cael s'éclaircit la gorge.

— Tu as passé quelques jours difficiles, lui dit-il gentiment. Je ne veux pas être indiscret, Ashlyn, mais est-ce que tu as été blessée… ?

Elle lève les yeux vers lui et secoue la tête.

— Non. Le prince Tadhg me destinait à être un cadeau pour renforcer son alliance avec l'Alpha du secteur Kodiak, donc il m'a gardée intacte et m'a seulement demandé de transmettre un message en son nom.

— Quel message ? interviens-je, désirant participer à cette conversation plutôt que d'en être simple témoin.

Ashlyn fait la moue, signe qu'elle est mal à l'aise.

— Le prince Tadhg vous transmet ses salutations et espère que vous m'apprécierez comme gage de sa constante gratitude. (Elle prononce ces mots d'une voix monotone, puis hausse les épaules.) Pas très original, si vous voulez mon avis.

Sur ces mots, elle prend sa fourchette et la fait tourner dans les pâtes tandis que je l'observe en plissant les yeux.

N'importe quelle autre Oméga aurait été traumatisée par l'expérience qu'elle vient de résumer en quelques phrases. Or Ashlyn se force à manger alors que je vois bien que c'est plus une épreuve qu'un plaisir pour elle. Au moins, je sais maintenant que ce n'est pas mon plat qui la dérange, mais la situation en général. Du moins je le suppose. Même si elle a été plutôt sincère, elle n'a pas été très communicative.

Une voyante typique, pensé-je, habituée à ce trait de caractère, car ma sœur possédait des talents similaires quand elle était enfant. Toutes les Omégas du Z-Clan ont des dons de voyance, mais leurs compétences varient.

Ashlyn est assez puissante, semble-t-il. Elle est également solide. Et belle.

Et elle regarde Cael avec beaucoup plus d'intérêt que je ne le souhaiterais.

Il lui sourit, l'amusement dansant dans ses yeux bleu-vert.

De toute évidence, j'ai raté quelque chose de drôle.

A-t-elle parlé pendant que je ne faisais pas attention ?

— Tu as raison, petite voyante, dit Cael, son accent s'enroulant autour du surnom d'une manière que je n'aime vraiment pas. Ce n'est pas très original.

Oh. Il est amusé par son opinion. Très bien.

En fait non, pas très bien. Je n'apprécie pas du tout qu'il soit *amusé*.

Il me lance un coup d'œil, haussant les sourcils comme s'il m'avait entendu. J'aimerais que ce soit le cas. Hélas, les talents mentaux de Cael sont bien plus complexes que simplement lire dans les pensées. Mais il peut certainement sentir l'énergie furieuse qui se dégage de mon aura.

Bien sûr, fidèle à lui-même, ce salaud se contente de sourire et reporte son attention sur Ashlyn.

— Quoi qu'il en soit, je suis content que tu ailles bien, ma chérie. Je ne manquerai pas d'informer Ivana de ta bonne santé ; elle était très inquiète de ta disparition.

Ashlyn grimace.

— Oui, merci. Je ne voulais pas effrayer tout le monde.

— Alors tu n'aurais peut-être pas dû t'engager dans le programme d'accouplement et jouer les martyrs, marmonné-je.

Elle et Cael me dévisagent tous les deux.

— Sans son sacrifice, Tadhg serait peut-être encore en vie, objecte Cael, une pointe de domination dans son ton.

— J'en suis conscient, *Votre Majesté.* (Je me recule sur ma chaise, refusant de me lancer dans cet échange absurde avec lui.) Mais elle s'est aussi mise en danger.

— Ce qui était un choix audacieux et périlleux, rétorque-t-il. Et aussi courageux.

— Je sais. (Je ne conteste rien de tout cela.) Je souligne simplement que si elle ne voulait pas *effrayer tout le monde*, elle aurait dû envisager de ne pas s'impliquer dans cette situation. C'est tout.

— Tu me reproches une décision qui a sauvé plein de

vies, intervient Ashlyn, le regard farouche. Tu n'as pas vu les conséquences potentielles, l'avenir qui attendait toutes mes amies. Je me sacrifierai toujours pour celles qui me sont chères, ce que tu ferais bien de retenir, *Alpha Grey*. (Elle s'écarte de la table, son regard passant de moi à Cael.) Je suis épuisée, je vais donc être brève. Je ne sais pas où se trouve Nikiski, mais je sais que je suis destinée à aider l'Alpha Grey à la retrouver.

Elle tourne son regard vers moi, et la lueur hantée dans ses yeux bleus me donne à réfléchir.

— Et les « notes énigmatiques » dans mon journal dont tu as parlé tout à l'heure proviennent de visions que j'ai eues de notre avenir ensemble, ajoute-t-elle. J'ai écrit ce que je sais. Je te tiendrai au courant quand j'en saurai plus.

Sur ces mots, elle se dirige vers la chambre et s'enferme à l'intérieur.

3

GREY

CAEL ÉMET un petit rire étouffé qui me tape sur les nerfs.

— J'aimerais vraiment pouvoir rester pour voir comment tout ça va se dérouler, dit-il pensivement. Notre petite voyante est un phénomène.

— Ce n'est pas *notre*, lui répété-je.

Mais le regard que je lui jette me confirme qu'il essaie juste de m'énerver.

— Oui, ton commentaire tout à l'heure, plus tous tes grognements, l'ont clairement montré.

— Je n'ai pas grogné.

— Si, tu l'as fait, affirme-t-il, ses yeux scintillant de certitude. Peut-être pas vocalement, mais le grognement était tangible. (Il incline la tête.) Heureusement que je t'aime trop pour accepter le défi de ton loup.

Je ricane.

— Je ne te défiais pas, et si c'était le cas, on sait tous les deux que je gagnerais.

Il hausse légèrement un sourcil noir.

— La dernière fois que nous nous sommes affrontés, ç'a été match nul.

— Parce que je n'avais rien ni personne à défendre. (Je me tourne vers la porte de la chambre.) Ça a changé au cours du mois dernier.

— Du mois dernier ? répète Cael, feignant la perplexité. Serais-je tombé dans une faille temporelle ?

Je croise les bras et reviens à l'enfoiré en face de moi.

— Tu sais que les loups du Z-Clan sont liés par le destin. Et tu sais qu'elle est à moi. Alors arrête d'essayer de m'énerver et rends-toi plutôt utile.

Ses traits s'éclaircissent, son masque royal se remet en place.

— Je me rends utile. Tu ne t'en rends pas encore compte, c'est tout.

Je le fusille du regard. Il me fusille en retour.

— Je déteste tes jeux.

Le masque se fissure, il esquisse un léger sourire.

— Tu vas adorer celui-là, G.

Je secoue la tête.

— Non, je ne l'aimerai pas, C.

Il hausse les épaules, puis attrape la boisson qu'Ashlyn lui a laissée sur la table. Ce n'est pas de l'eau, mais une bière provenant de mon mini-frigo. Pas n'importe quelle bière, une du pack que je garde spécialement pour Cael.

Quel voyante futée, pensé-je, soudain bien plus fatigué qu'il y a quelques minutes.

— Elle ignore où se trouve Nikiski. (Je prends mon verre d'eau – je ne bois pas d'alcool – et j'en avale une longue gorgée.) On n'est donc donc pas près de la retrouver.

Je ne peux réfréner une pointe d'amertume dans ma voix. La lecture des notes de son journal m'avait donné de l'espoir. J'ai cru que nous étions peut-être enfin proches.

Et maintenant… maintenant, je ne sais plus par où commencer. *Encore une fois.*

Cael repose sa bouteille.

— Elle ne connaît peut-être pas l'endroit exact, mais elle a eu des visions de là où tu dois aller. Laisse-lui le temps de te les raconter, et ça te donnera peut-être les indices nécessaires.

Je baisse le menton, d'accord avec lui, même si l'amertume envahit mes veines. Ce n'est pas Ashlyn que je blâme, mais moi-même. J'avais une seule mission cette nuit-là. Une seule *tâche*. « Attrape Nikiski. » C'était tout ce que ma mère m'avait demandé de faire. Mais quand je suis entré dans la chambre de ma sœur, Spruce m'y attendait. Ses lèvres esquissaient un sourire malveillant, ses yeux verts brillaient de triomphe.

Puis il a disparu avec notre sœur dans ses bras musclés, quelques secondes avant que le père de Cael ne fasse irruption dans l'enceinte avec ses Élites.

Mon père est mort dans d'atroces souffrances cette nuit-là, ce qui ne m'a jamais dérangé. Mais la trahison de Spruce m'a hanté pour toujours.

Mon propre frère, putain.

Il a vendu Nikiski comme esclave – au foutu prince Tadhg – en échange d'un travail. Puis Spruce est mort à cause de ses problèmes.

Sale connard égoïste.

— Je connais ce regard, dit Cael, sa voix me ramenant au présent. Arrête de penser à lui.

— C'était mon putain de jumeau.

— Je sais. (Ses iris brillants se promènent sur moi.) Tu as hérité de tous les bons côtés, lui de tous les mauvais. Et il est mort. Concentrons-nous sur celle qui compte : ta sœur.

Je déteste quand Cael se fait la voix de la raison. Et je déteste encore plus le fait que je m'attendais à ce qu'il prononce *Ashlyn* à la fin de sa phrase.

Parce que mes priorités sont totalement confuses.

J'ai passé toute ma vie à essayer de retrouver ma sœur. Je sais qu'elle est en vie. Je le ressens au fond de mon âme. Tout comme j'ai ressenti quand Spruce a été tué. Tout ce que je désire, c'est la sauver de l'enfer qu'elle endure actuellement. C'était ma seule raison de vivre... jusqu'à il y a quelques semaines, quand une paire de jolis yeux bleus m'ont regardé à travers un fichu écran.

Le destin m'a attrapé par la queue, et me voilà, pataugant comme un chiot.

Je finis mon verre d'eau et le repose sur la table, puis je constate qu'Ashlyn a à peine touché à son assiette. *Merde.* Je me lève sans un mot et me dirige vers la chambre, déterminé à la rappeler ici pour qu'elle mange. Et peut-être pour m'excuser.

Car je n'avais pas l'intention de la réprimander. Cependant, sa disparition a fait ressurgir des souvenirs douloureux. Et un moment, j'ai cru que je l'avais perdue elle aussi. « Effrayé » est un terme trop gentil pour décrire ce que j'ai ressenti quand j'ai appris sa disparition.

Pour autant, je n'aurais pas dû critiquer son choix d'être une martyre. Je vais donc m'excuser... puis la persuader de manger.

Mais en ouvrant la porte, je découvre qu'elle s'est déjà fourrée dans mon grand lit, vêtue de son peignoir. Ses cheveux blonds sont étalés sur l'oreiller, ses cils reposent joliment sur ses joues de porcelaine.

Une larme solitaire s'accroche à l'un de ces cils, et cette vision me serre le cœur.

C'est moi qui l'ai provoquée ? Ou c'est autre chose ? me demandé-je, soudain désireux de massacrer tout ce qui l'a fait pleurer. Y compris moi-même.

Serrant les dents, je sors de la chambre et referme doucement la porte, puis je me retourne et trouve Cael juste derrière moi, l'air déterminé.

— Qu'est-ce que tu fous là ? lui lancé-je.

— Je m'assure que tu ne fais rien de stupide.

— Comme quoi ? (Son manque de confiance me met en rogne.) Je sais respecter une Oméga, Cael.

Il me dévisage un instant, hoche la tête et recule de deux pas.

— Je sais que tu le sais, G. Ou du moins, tu le sais généralement. Mais là tu parais… hors-jeu.

— Hors-jeu, répété-je en ricanant. C'est toi qui joues, Cael. Pas moi. (Je le contourne, lassé de cette conversation ridicule.) Tu n'as pas un secteur à gérer ?

— Si. (Il me suit à la cuisine et me regarde me mettre à tout nettoyer.) Je suis aussi venu t'apporter un cadeau.

— Des conseils ? deviné-je. Un couteau pour te poignarder ? (Je pivote vers lui.) Peut-être un pistolet pour une séance de tir à la cible, où tu te proposerais toi-même comme cible ?

Il s'esclaffe.

— Toujours aussi créatif. Et tu ne pourrais pas me toucher, même si tu essayais.

— Si, je pourrais, lui promets-je. Je ne rate jamais mon coup.

C'est l'un de mes nombreux talents.

— Voilà mon meilleur ami. (Il affiche un grand sourire.) C'est bon de te revoir. Je commençais à m'inquiéter.

Je secoue la tête.

— Tu es une vraie plaie, *Votre Majesté*.

— En effet, admet-il.

Puis il pose une montre sur le plan de travail. Sa vue me fait grogner.

Cael sait ce que je pense du métal sur ma peau. Même si je reconnais que ce gadget high-tech a son utilité, je *déteste* porter des montres. Il le sait. Tout comme il savait parfaitement que je n'en portais pas lorsque je suis parti chercher Ashlyn.

C'est pourquoi il m'en apporte une maintenant.

Putain.

— Je crains que tu te trompes sur toute la ligne. (Ses mots sont légers, il se moque de mes suppositions tout en s'efforçant d'apaiser ma réaction à son *cadeau*.) Je sais que tu les détestes, Grey, mais ça t'aidera à me tenir informé de tes progrès. Et puis c'est une sécurité supplémentaire.

— Je peux me débrouiller tout seul, grommelé-je.

— Je suis d'accord, mais je crois qu'on sait tous les deux que c'est la meilleure solution – pour elle.

Il jette un coup d'œil vers la porte de la chambre. Comme si j'avais besoin de savoir de qui il parle.

Ou peut-être que si. *Elle* pourrait aussi désigner Nikiski. Ou bien les deux.

Je n'en sais foutrement rien, mais je ne trouve pas ce « cadeau » amusant du tout. Être pragmatique est un point discutable. Je ne suis pas obligé d'aimer ça simplement parce qu'il a raison.

— Sinon, tu pourrais ramener notre petite voyante au secteur Lunaire, si tu préfères, suggère-t-il.

Je plisse les yeux.

— Appelle-la *notre* encore une fois, le défie-je.

Il sourit à présent jusqu'aux oreilles.

— Bonne chance, Grey. Et essaie de ne pas être trop dur avec *notre* petite voyante, d'accord ?

Il disparaît avant que mon poing n'atteigne sa mâchoire, le rire de cet enfoiré résonnant encore dans l'air et me faisant grogner d'agacement.

— Connard, juré-je, conscient que je l'ai traité ainsi plus d'une fois cette dernière heure.

La montre s'illumine sur un message, générant un

écran translucide au-dessus d'elle. Je ricane en lisant les mots qui apparaissent un à un : *Je t'aime aussi, mon frère.*

Je sais qu'il n'a pas mis ma tanière sur écoute. Il a juste anticipé mon insulte. Parce qu'il me connaît bien. Trop bien, en fait.

Je pousse un soupir et me remets à la tâche dans la cuisine. Ashlyn aura besoin de quelque chose de mieux à manger demain. Quelque chose de nutritif et de copieux.

Dommage que je n'aie que des conserves et des produits en boîte dans le placard. Je viens rarement dans ce logis sécurisé, je n'y approvisionne que l'essentiel, comme de l'eau pour moi et de la bière pour Cael.

Je vais peut-être aller courir sous ma forme de loup et voir ce que je peux attraper. Ou pêcher dans l'étang derrière chez moi.

Je m'étire en me tenant la nuque, mon corps est beaucoup plus tendu qu'il ne devrait l'être. Une transformation pourrait me faire du bien. Je devrai juste m'assurer que personne aux environs ne capte ma présence. Ou peut-être aller courir à plusieurs kilomètres de là pour ne pas attirer quelqu'un vers la grotte.

Hmm. J'étire mes bras au-dessus de ma tête, puis je retourne voir Ashlyn. Elle est toujours roulée en boule, profondément endormie dans mon lit.

C'est le seul dans cet antre. Donc nous allons devoir le partager. Heureusement, il est assez large pour nous deux.

Mais je ne peux pas la rejoindre dans mon état d'esprit actuel. J'ai besoin de me défouler.

Donc aller courir, décidé-je. Je retourne dans le salon, j'enlève ma chemise et la pose sur le canapé. Pantalon et caleçon suivent.

Complètement nu, je trouve un bloc-notes et un stylo pour écrire un mot à Ashlyn, lui indiquant où je suis parti, puis je prends le *cadeau* de Cael et m'éclipse dans une toundra aux environs. Le terrain permet de repérer facilement les menaces potentielles. Il pourrait également être utile pour « perdre » ce précieux morceau de métal.

Hélas, Cael a raison.

Je glisse donc ce fichu machin à mon poignet et je grogne quand le métal magique se fond dans ma peau. C'est comme un nœud coulant autour de mon cou, qui me rappelle une vie antérieure.

Un collier qui étouffait mon aura.

En grondant, j'entame ma transformation, sachant que l'appareil va changer avec moi. Heureusement, il n'étouffe pas mes pouvoirs. Il les… facilite simplement. Une technologie différente.

Mes pattes blanches touchent le sol quelques secondes plus tard, mon loup est impatient et prêt à sprinter.

Donc je le laisse filer.

Je profite du vent dans ma fourrure.

Je me libère l'esprit.

Et simplement… *je vis.*

4

ASHLYN

LE SILENCE ENVAHIT MES OREILLES. Un silence *angoissant*.

Je sens Grey partir, sa présence est une couverture de sécurité qui me manque déjà.

Reviendra-t-il ? Je frissonne et me blottis davantage dans mon peignoir.

Je sais que la réponse est *oui*.

Car il nous reste sept jours avant que le carnage ne commence.

Sept jours avant que mon monde ne s'écroule.

Sept jours avant que sa vie ne recommence.

Mon estomac se noue, la prophétie tourbillonne dans mon esprit tandis qu'une myriade de visions chaotiques l'assaille. C'est étrange de connaître ce qui va se produire, sans savoir exactement comment tout cela va se dérouler. Mes visions sont généralement plus claires que ça. Hélas, tout ce que je *vois*, ce sont les mêmes destins horribles.

Demain, je fournirai quelques détails clés à Grey, pour voir si quelque chose lui semble familier. Pour l'instant, tout ce que je peux faire, c'est essayer de dormir... et de rêver.

Je déteste rêver, pensé-je en frissonnant de nouveau, pour une raison très différente cette fois. *Mais pour Grey… je rêverai. J'accepterai ces images cauchemardesques, je chercherai des indices importants et je ferai tout mon possible pour le guider.*

Parce que je pensais vraiment ce que je lui ai dit : je me sacrifierai toujours pour ceux qui me sont chers. À quoi bon posséder un don si je ne peux pas l'utiliser pour aider ceux que j'aime ?

Et même si Grey et moi ne nous connaissons pas bien, mon cœur et mon âme se soucient de lui depuis très longtemps. Depuis la première fois qu'il m'est apparu en rêve, avec ses yeux séduisants.

Mon âme sœur. Mon destin. Ma fin promise…

Une autre larme coule de mes yeux, cette traître marque d'émotion me nouant l'estomac. Au moins, Grey ne l'a pas remarquée. Ou peut-être que si, mais il n'a pas pris la peine de me réconforter.

Ce n'est pas grave.

Parfois, je l'entends ronronner dans mes rêves. Peut-être que cette semaine, il ronronnera pour moi dans la réalité. J'aimerais bien. Cela rendrait la douleur plus supportable pendant mes dernières heures.

En soupirant, j'essuie l'humidité sur ma joue et me blottis dans l'oreiller qui porte encore la trace du parfum boisé de Grey. Il manque la nuance de neige, ce qui suggère qu'il y a très longtemps qu'il ne s'est pas allongé ici. Mais ça va. Ça suffit à apaiser mon cœur endolori.

Pour l'instant, en tout cas.

Ma louve intérieure ressent les choses différemment, son cri profond est un pleur de deuil, comme si nous avions déjà perdu notre Grey.

Mais il reviendra cette fois-ci. Il le faut.

C'est la seule façon pour que cette danse avec le destin commence vraiment.

C'est cette certitude qui me poursuit dans mon sommeil. Où je rêve. De mort. De destruction. *Et de désolation…*

5

GREY

Appuyé contre la porte, j'observe Ashlyn dormir.

Elle n'a pratiquement pas bougé depuis douze heures, même pas pendant que je reposais à ses côtés.

Bon, ce n'est pas tout à fait vrai. À un moment donné, elle s'est blottie contre moi, ce qui m'a fait ronronner – un ronronnement que je n'ai pas pu réprimer. Après avoir essayé pendant quatre-vingt-dix minutes, je me suis finalement forcé à sortir du lit et j'ai pris une longue douche. Ashlyn est restée roulée en boule pendant toute mon absence, la tête posée sur l'oreiller que j'avais quitté.

Je passe mes doigts dans mes cheveux mouillés, des gouttelettes tombent sur mes épaules nues. Je ne suis pas d'humeur à porter une chemise aujourd'hui, qui me paraît un peu trop serrée pour je ne sais quelle raison. J'ai donc juste enfilé un pantalon de jogging gris. Si le fait d'être torse nu dérange Ashlyn, je trouverai autre chose à me mettre. Mais je soupçonne qu'elle s'en moquera. C'est une métamorphe après tout. La nudité est assez courante chez les nôtres.

Quoique je ne peux m'empêcher d'admirer ce qui

dépasse de son peignoir : la courbe d'un sein apparaît, dont la peau semble douce et crémeuse. Si elle était vraiment à moi, j'explorerais cette partie exposée de son corps avec ma langue. Hélas, nous nous sommes à peine touchés.

En dehors du sommeil, en tout cas. Ma jambe me chauffe encore à l'endroit où sa cuisse reposait sur la mienne. Il m'a fallu un effort considérable pour ne pas me coller contre elle et rechercher la chaleur qui émanait d'elle.

Serrant les dents, je m'arrache à la porte et me force à aller chercher de l'eau dans le frigo. J'ai bu la moitié de la bouteille quand j'entends un léger gémissement dans la chambre.

Fronçant les sourcils, je pose la bouteille. *Est-ce que je…*

Un cri aigu retentit dans la tanière, me poussant à courir vers Ashlyn. Elle n'est plus roulée en boule, mais se tord dans les draps comme si elle tentait de repousser quelqu'un. Elle grogne et agite les bras, se débattant violemment contre les oreillers.

Puis, tout aussi brusquement, elle se recroqueville et murmure :

— Non. Non, s'il te plaît. Ne fais pas ça. Je… Je ne veux pas…

Un autre cri déchire ses poumons, qui me transperce la poitrine comme une balle.

— *Ashlyn !*

Je m'approche d'elle, mais ses cris se changent en sanglots. *Putain.*

— Grey…

— Je suis là, lui dis-je en me jetant à ses côtés.

Mais elle n'est pas réveillée. Ses yeux sont toujours clos et des larmes coulent sur ses joues.

— Ça en vaut la peine, dit-elle.

— Quoi ? demandé-je, complètement déboussolé par ce qui se passe.

— Le destin… vaut… la peine… de souffrir.

Elle se replie encore plus en position fœtale, la tête blottie contre ses genoux, et se met à trembler violemment.

— Putain, soufflé-je. (Mon ronronnement se déclenche quand je me glisse dans le lit et la serre dans mes bras.) Réveille-toi. (De toute évidence, elle fait une sorte de cauchemar. Une vision, peut-être. Mais je m'en fous. Elle doit…) *Réveille-toi.*

Un grondement souligne ces deux mots, mon animal *exigeant* qu'elle obéisse.

Notre Oméga reprend vie en sursaut, son corps se raidit, puis se remet à trembler. Je la serre fort, mon ronronnement plus intense que jamais.

— Tu es en sécurité, lui dis-je. Je suis là.

Et Ashlyn se fond pratiquement en moi.

— Un rêve, murmure-t-elle contre moi. *Un rêve.*

— Ça ne ressemblait pas à un rêve, Ash, murmuré-je, son surnom roulant sur ma langue. Ça avait plutôt l'air d'un cauchemar.

Elle s'immobilise, puis s'écarte légèrement pour me regarder.

— Attends… Je suis… Je suis réveillée ?

Sa voix est un peu rauque, sûrement à cause des cris qu'elle a poussés quelques instants plus tôt.

— Oui, petite énigme. Tu es réveillée. Et tu es en sécurité.

Je continue à ronronner, ma main lui caressant machinalement le dos – un geste qui la pousse à se blottir encore plus contre moi. Je l'accepte. En fait, je suis presque sûr que j'adore ça.

Mais c'est… c'est à envisager plus tard. Pour le moment, je la serre juste dans mes bras. Je ronronne pour elle. Je lui donne la force dont elle a besoin pour se remettre complètement de la vision infernale qui l'a fait pleurer ainsi.

Ses joues sont encore humides, mouillant la peau de ma poitrine tandis qu'elle se love contre moi. C'est comme si elle essayait de s'échapper en moi d'une manière ou d'une autre, ou peut-être d'atteindre mon ronronnement. Je ne sais pas trop, mais je continue à ronronner tandis que sa respiration commence à se régulariser et que son corps se détend. Elle n'est pas endormie, juste… apaisée.

— Merci, Alpha, murmure-t-elle.

— *Grey.*

Elle glousse un peu, à moitié somnolente.

— Merci, *Grey.*

Je souris, car j'ai perçu une pointe d'impertinence dans cette réponse.

— La plupart des Alphas préfèrent qu'on s'adresse à eux par leur titre, ajoute-t-elle d'une voix plus douce.

— Avec n'importe qui d'autre, je préférerais peut-être aussi. Mais il vaut mieux que tu m'appelles Grey.

Elle penche la tête en arrière, et ses yeux paraissent incroyablement plus bleus, peut-être à cause de ses larmes.

— Pourquoi ?

— Parce que m'appeler *Alpha* réveille la bête qui sommeille en moi, lui dis-je avec franchise. Et tu n'es pas encore prête à la rencontrer.

Ashlyn m'étudie longuement, la tristesse se dissipant lentement de ses traits.

— Je connais très bien les bêtes… grâce à mes cauchemars.

On dirait une confession, bien que je ne sache pas trop ce qu'elle avoue réellement.

— Ce sont des visions ? lui demandé-je.

Elle acquiesce, ses cheveux blond clair scintillant dans la lumière tamisée de la pièce.

— En rapport avec ma sœur ?

C'est une question difficile à poser, mais je dois savoir. Quand Ashlyn acquiesce de nouveau, mon cœur s'arrête de battre.

— Tu peux la voir ?

Elle secoue la tête.

— Non. Je… Je ne la vois pas vraiment, je la sens juste. Comme si j'étais elle parfois.

Mon estomac se noue à ces mots.

Les contorsions sur le lit. Les cris. Ashlyn qui dit qu'elle ne voit pas ma sœur, mais qu'elle est *ma sœur… parfois.*

— Comme dans ce rêve que tu viens de faire ? insisté-je d'une voix à peine reconnaissable.

Elle fronce les sourcils.

— Euh, non, pas tout à fait. C'était… une combinaison de visions. Cause et effet. (Elle se tord les lèvres.) C'est difficile à expliquer, et je ne peux pas en dire plus sans risquer un changement.

— Vu à quel point tu criais, je pense qu'un *changement* ne serait peut-être pas une mauvaise chose.

Elle déglutit, lentement et délibérément.

— D'après mon expérience, les changements ne vont jamais vers le mieux.

Cette pensée me serre le cœur.

— Je ne sais pas ce que tu vois, mais si c'est ce qui arrive à ma sœur…

— Ça ne l'est pas, m'interrompt-elle. Ça… C'est lié, oui, mais ce n'est pas elle. (Elle ferme les yeux et prend son souffle.) Laisse-moi un instant, s'il te plaît. J'essaie encore de comprendre, et j'ai du mal à expliquer.

La douleur dans sa voix ravive aussitôt mon ronronnement. Je n'avais même pas remarqué que j'avais arrêté. Mais dès que je recommence, ses épaules s'affaissent et elle se penche vers moi, comme si elle avait besoin d'en entendre davantage. Je lui donne donc satisfaction, ma main reprenant ses caresses dans son dos tandis que mon esprit tente de démêler tout ce qu'elle m'a dit.

Je pensais qu'elle voulait dire que ces *bêtes* – celles contre lesquelles elle se battait clairement dans son cauchemar – faisaient du mal à ma sœur. Que ce soit maintenant ou dans le futur. Mais elle vient de dire que ça n'arrivait *pas* à ma sœur.

Alors ça arrive à qui ?

Ses paroles pendant son sommeil me reviennent à l'esprit : « Le destin… vaut… la peine… de souffrir. » Cela ne me paraît pas du tout lié à ma sœur, mais plutôt à Ashlyn.

— Est-ce c'est toi que les bêtes attaquent dans ta vision ? lui demandé-je.

Je n'oublie pas qu'elle vient de demander du temps pour digérer tout cela, mais j'ai besoin de comprendre sa terreur. Et la façon dont elle se raidit encore confirme ce que je voulais savoir.

— Les visions sont compliquées, répond-elle, éludant totalement ma question.

— Ashlyn…

— Je ne peux pas, Grey, murmure-t-elle, l'air épuisée malgré plus de douze heures de sommeil. C'est délicat. Je… Je ne veux pas aggraver les choses en en révélant trop.

— Alors donne-moi quelque chose sur quoi travailler, intimé-je. Parce que je ne peux pas laisser ça lui arriver. Je ne peux pas laisser ça arriver à Nikiski. Je ne peux rien laisser lui arriver.

Elle soupire et renverse à nouveau la tête en arrière. Ses yeux sont moins effrayés lorsqu'elle croise mon regard.

— Chaque fois que je rêve d'elle, il y a des bougies partout. Je me suis toujours demandé pourquoi, mais… (Elle promène son regard autour d'elle.) Je suppose qu'il faudrait beaucoup de bougies si on vivait dans une grotte, n'est-ce pas ? Parce qu'il n'y aurait jamais de soleil.

Ses paroles sont une énigme, mais pas vraiment.

— Tu penses qu'elle est dans une grotte.

Ashlyn hausse les épaules.

— Je n'en suis pas sûre. Mais je pense que c'est possible, oui.

— Ça ne m'aide pas beaucoup, avoue-je en soupirant légèrement.

— Peut-être pas, acquiesce-t-elle, l'air de nouveau triste. Cependant, je crois qu'un immense réseau de grottes se remarquerait sur une carte. Surtout avec autant de bougies.

— Combien de bougies ?

Cela me paraît une information importante.

— Des milliers, murmure-t-elle. Des milliers et des milliers.

— Je vois.

Ses lèvres s'incurvent, mais ce n'est pas un sourire joyeux.

— Non, je ne crois pas, Alpha Grey. Mais c'est pour ça que je suis là, non ? Pour être tes yeux ?

— *Grey*, lui grogné-je.

Elle frissonne en réaction.

— Grey, répète-t-elle, sa main venant caresser ma joue. Tu dois savoir que ce n'est pas ta bête que je crains dans mes cauchemars, *Alpha*. Je n'ai pas peur de la rencontrer.

Putain. Mon loup intérieur grogne d'impatience, prêt à lui donner exactement ce qu'elle désire. Ce que je ne ferai pas. Surtout après l'enfer qu'elle vient de vivre dans son sommeil.

— Il faut que tu manges, grincé-je, ayant besoin de m'accrocher à quelque chose de sensé. Je vais te préparer du saumon.

Ses yeux s'écarquillent.

— Du saumon ?

— Tu n'as pas *vu* ça venir, hein ? dis-je, caressant toujours son dos. Ma bête aime jouer dans l'eau.

— Alors tu es allé pêcher sur la glace ?

— Tu regrettes que je ne t'aie pas apprise à pêcher ? rétorqué-je, me remémorant l'incident du secteur des Glaciers. (C'était ce que faisaient l'Alpha Henrik et elle quand Ashlyn est tombée à l'eau.) Je pensais que c'était de la responsabilité d'*Henrik*.

L'amusement chasse la tristesse résiduelle sur ses traits.

— Ce n'était pas un très bon professeur.

— Choquant, dis-je d'un ton pince-sans-rire.

Elle glousse, un son qu'elle a déjà émis deux fois en ma présence. Et je me rends compte que je l'apprécie beaucoup.

— La prochaine fois, je t'emmènerai avec moi.

Son regard s'illumine.

— Vraiment ?

— Si tu veux apprendre, bien sûr. (Je hausse les épaules.) Ça ne me dérange pas de t'enseigner tout ce que tu veux savoir.

Elle se redresse légèrement.

— N'importe quoi ?

OK, maintenant je suis intrigué.

— Y a-t-il quelque chose que tu veux que je t'apprenne ? m'enquiers-je, curieux de savoir ce qui la pousse à me regarder avec tant d'ardeur dans ses jolis yeux.

— Les runes, répond-elle, me surprenant au plus haut point. Je sais que tu t'en sers pour te protéger. J'aimerais beaucoup apprendre à le faire moi aussi.

—Je… (Je fronce les sourcils.) Je ne suis pas sûr que ça puisse s'enseigner.

Les runes sont imprégnées de magie, et elle est une Oméga du Z-Clan. Elle a des capacités de voyance qui sont clairement assez impressionnantes, mais ce que je fais nécessite la génétique du V-Clan.

— Tu peux me montrer quand même ? demande-t-elle, l'espoir illuminant son visage séduisant.

— Si c'est ce que tu veux, oui, lui dis-je. Je te montrerai tout ce que tu veux, Ash.

Ses joues rosissent un peu, sans doute à cause du surnom que je viens d'employer pour la deuxième fois. Mais elle ne fait aucune remarque à ce sujet.

— Merci.

— Tu peux arrêter de me remercier, murmuré-je. En fait, non. Si tu veux me remercier correctement, tu vas manger quelque chose.

Cette fois, elle éclate de rire.

— D'accord.

— Bien. (Je la retiens encore un instant, puis me force à la lâcher.) Je serai dans la cuisine. Rejoins-moi quand tu seras prête. Tu mangeras… et je t'apprendrai.

Son sourire en réponse est tellement beau qu'il me fend le cœur.

— Tu n'as pas idée de ce que ça signifie pour moi.

Non, mais je vois à la façon dont elle me regarde que ça compte beaucoup pour elle.

— Je ne suis pas un Alpha normal du Z-Clan, Ashlyn. J'ai du respect pour les Omégas. J'espère que tu le crois et que tu le comprends.

— Je le crois, dit-elle, reprenant un peu son sérieux. Plus que tu ne le penses, Grey.

Il y a dans son ton une nuance que je n'arrive pas à identifier, sans doute liée à une vision ou à une autre. Je ne m'attarde donc pas dessus, ne cherche pas à l'analyser davantage. Je me contente de lui adresser un signe de tête, puis je me dirige vers la cuisine pour lui préparer à manger.

Des runes protectrices, pensé-je, sourcillant quelque peu. Je ne lui en ai pas parlé, mais elle sait clairement que j'ai un don pour ça. Grâce à une vision, peut-être ?

Mais la vraie question est : *pourquoi veut-elle apprendre à s'en servir ?*

6

ASHLYN

Je trace un trait dans l'air avec mon doigt, comme Grey me l'a montré il y a trois jours. Mais il ne se passe rien. *Argh.*

Il est censé être mon âme sœur. J'espérais pouvoir, je ne sais pas, puiser dans ses pouvoirs de V-Clan d'une manière ou d'une autre. La reine Quinnlynn le fait bien avec le roi Kieran. Ivana et Cillian partagent entre eux également des aptitudes impressionnantes. Alors pourquoi pas Grey et moi ?

Peut-être parce qu'il ne m'a pas revendiquée, ni moi lui.

Mais je sais que la reine Quinnlynn a pu utiliser certains pouvoirs de son compagnon après leurs fiançailles. Cela a toutefois nécessité une morsure…

Hum. Je ne suis pas sûre que ce soit possible avec Grey et moi. Et, en tant qu'Oméga pur sang du Z-Clan, je ne serai peut-être pas capable d'exploiter son talent magique non plus. Mais ça vaut la peine d'essayer, non ?

Grey apparaît dans la grotte, un seau à la main, et gagne la cuisine.

Nu.

Mes yeux sont aussitôt attirés par ses cuisses et ses fesses musclées, et mon esprit s'éteint en un instant.

Il est nu.

Pourquoi est-il nu ? Parce que nous sommes des métamorphes. D'accord.

Saint nœud… Je ne peux pas m'empêcher de le regarder. *Il bande.* Je devrais arrêter de l'admirer. *Oh, wow, c'est gros. Très long. Épais.* Je dois vraiment… ne pas… *Nœud…*

Je crois que j'ai avalé ma langue. Ouaip.

J'ai vu toutes sortes de métamorphes sans vêtements. Mais jamais un aussi beau. Ou aussi musclé. Ou aussi bien *membré.*

— Ashlyn ?

La voix grave de Grey me fait lever les yeux vers son torse ciselé et sa mâchoire carrée saupoudrée de poils blond foncé.

— Hmm ? marmonné-je, quelque peu enivrée par le spécimen masculin parfait qui se tient devant moi.

Je n'ai jamais désiré un Alpha jusqu'à présent. Ce qui est logique, car j'ai toujours su que j'étais destinée à *cet* Alpha en particulier. Mais je n'avais pas réalisé que je serais autant consumée par sa présence.

Il me lance un regard intrigué, que je remarque seulement parce que je suis encore en train de fixer sa mâchoire. Puis il s'éloigne et je l'observe avec bonheur, remarquant la façon dont tous ses muscles se contractent délicieusement à chacun de ses mouvements.

Je fais la moue lorsqu'il enfile un pantalon de jogging gris.

J'appréciais cette vue, merci, pensé-je amèrement. *Tant pis…*

Soupirant, je reprends ma tâche consistant à tenter de créer une rune.

Toujours rien.

— C'est un trait caractéristique du V-Clan, dit Grey en retournant dans la cuisine pour se laver les mains.

— Oui, tu l'as déjà dit, murmuré-je. Mais ce n'est pas pour autant que je ne peux pas essayer.

Il me jette un coup d'œil par-dessus son épaule musclée.

— Est-ce qu'il y a une raison pour laquelle tu veux apprendre à créer des protections ? J'en ai déjà plusieurs autour de cette grotte.

Je hausse les épaules.

— Ça me paraît être une compétence utile. (C'est une réponse vague, mais je ne veux pas expliquer en quoi cela pourrait m'être utile à l'avenir.) Je ne peux guère vaincre des Alphas physiquement, donc développer une capacité mentale me semble être la voie la plus appropriée.

— Et quels Alphas comptes-tu vaincre ?

Je lève les yeux sur lui, un instant perplexe. Puis je réalise que j'ai prononcé cette dernière phrase à voix haute.

— Oh, je ne sais pas. Mais je suis une Oméga du Z-Clan. Savoir me défendre est un besoin naturel.

Ce n'est pas un mensonge. Mais ce n'est pas toute la vérité non plus.

Pourquoi j'ai prononcé cette dernière phrase à voix haute ? m'étonné-je en me donnant en tape mentale. Parfois, parler à Grey est un peu trop facile. C'est pourquoi il vaut mieux changer de sujet. *Hum…*

— Tu peux m'en dire plus sur Nikiski ?

C'est la première question qui me vient à l'esprit, et je regrette presque aussitôt de l'avoir formulée. Sauf que j'aimerais vraiment en savoir plus sur elle. Sur Grey. Sur leur passé.

— Ça m'aidera peut-être à comprendre mes visions, ajouté-je.

J'ai un peu l'impression de patauger comme une idiote.

C'est la faute au nœud, décidé-je. *Grey ne devrait pas exhiber cet impressionnant spécimen en ma présence. Ça altère clairement ma chimie cérébrale. Ainsi que d'autres choses…*

Il me dévisage comme si j'avais perdu la tête. Sans doute parce que je me comporte bizarrement. Mais je suis une voyante. Ce genre de comportement insensé devrait simplement être accepté. Surtout par un Alpha du Z-Clan. Ou, euh, un hybride. Quoi qu'il soit.

— S'il te plaît, insisté-je, désirant qu'il parle à nouveau – n'importe quoi pour faire taire le bavardage dans ma tête.

Il attrape une serviette pour se sécher les mains et se retourne pour s'adosser au plan de travail, croisant ses longues jambes au niveau des chevilles, tout en m'étudiant.

— Que veux-tu savoir ?

— N'importe quoi. (Ma voix recèle une pointe de désespoir que j'aimerais ne pas avoir. Mais je ne peux m'empêcher d'ajouter :) Tout ce qu'il y a à savoir.

Il croise les bras sur sa poitrine.

— Sais-tu pourquoi je vis dans le secteur Lunaire ?

— Je sais que ta mère est une Oméga du V-Clan. Je suppose donc que ça a un rapport.

Il hoche la tête.

— Il y a environ un siècle, au plus fort de l'Ère Infectée, les parents de Cael ont essayé de rassembler les Omégas disparues. Ma mère était l'une d'elles.

C'est logique. À cette époque où l'épidémie de type zombie ravageait les humains, les pouvoirs surnaturels étaient également en pleine mutation. Des secteurs ont été créés. Des alliances ont été conclues. *Des Omégas ont été enlevées…*

Mes visions à cette époque étaient… désagréables. C'est à ce moment-là que la traite des esclaves a commencé, ou plutôt, qu'elle a retrouvé une nouvelle vigueur. Le commerce des Omégas par les Alphas n'était pas un concept nouveau, mais de nombreuses Omégas ont été déplacées pendant cette période de bouleversements. Et certains monstres ont choisi d'en profiter. Des monstres comme le prince Tadhg.

— Mon père nous ramenait tous dans le secteur Kodiak, poursuit Grey. Il ne pouvait pas s'éclipser, alors nous avons voyagé à pied.

— Pourquoi tu ne les as pas simplement éclipsés ? m'étonné-je.

— Parce que mon père m'avait mis un collier, répond Grey d'un ton égal, mais ses mots me font grimacer.

— Il a étouffé tes pouvoirs, traduis-je.

— Avec un vrai collier, oui, répond-il. (Il jette un regard noir à la montre à son poignet.) Depuis, je n'ai jamais aimé avoir du métal sur moi.

— Alors pourquoi porter une montre ?

— Cael, marmonne-t-il. C'est une mesure de sécurité.

— Oh. (Je fronce le nez.) Est-ce que je pourrais, euh, la porter à ta place ?

C'est une question maladroite, et la montre aura l'air ridicule à mon poignet, mais si ça peut le réconforter, ça vaut la peine de lui proposer.

Il me regarde avec surprise.

— Quoi ?

— Si tu n'aimes pas la sensation qu'elle procure à ton poignet, je peux la porter… quand nous sommes ensemble, je veux dire.

Il fronce un peu les sourcils, puis secoue la tête.

— Ça va. Je peux la supporter.

Je hausse les épaules.

— Juste une proposition, en cas de besoin.

— Merci. (Il déglutit.) Je m'en souviendrai.

La sincérité dans son ton me dit qu'il le pense vraiment.

Il fourre ses mains dans ses poches et me fixe encore un instant. Puis il s'éclaircit la gorge et reprend son récit sur le périple de sa famille à travers le Canada jusqu'au secteur Kodiak.

— Le père de Cael m'a trouvé quelque part en Alberta, dit-il, le regard lointain comme s'il revivait ce souvenir. Il a failli me tuer.

— Ce n'était pas très gentil de sa part.

— À ses yeux, j'étais un bâtard hybride issu des Z-Clan et V-Clan, grommelle Grey. Mais comme je ne pouvais pas me défendre à cause du collier, il a cessé de m'attaquer et m'a demandé de parler.

Il me raconte ce qu'il a dit au père de Cael, comment il a supplié l'Alpha d'aider sa famille à échapper à son père.

— Je me fichais de ce qu'il me faisait tant que ma mère et mes frère et sœur étaient en sécurité, marmonne-t-il. Mais pour une raison quelconque, il a choisi de me sauver aussi. Il est devenu le père dont j'ignorais que j'avais besoin.

— Où est-il maintenant ? Toujours dans le secteur Lunaire ?

Grey acquiesce.

— Toute la famille de Cael est là-bas. Ma mère aussi. Mais Cael s'est avéré être l'Alpha supérieur, alors son père a cédé le titre de prince à son fils.

— Ça n'arriverait jamais dans le secteur Kodiak, remarqué-je. Ni dans aucun des secteurs du Z-Clan.

Grey laisse échapper un rire sans joie.

— Non. Non, certainement pas.

Les Alphas du Z-Clan ont tendance à tuer leur progéniture si elle risque de constituer une menace pour la hiérarchie. C'est affligeant. Monstrueux. *Horrible*.

C'est pourquoi le collier de son père ne me choque pas. Il essayait d'apprivoiser son fils trop puissant. Si le père de Cael n'était pas intervenu, il est très probable que Grey aurait été tué un jour par son propre père.

— Quoi qu'il en soit, la nuit où son père est venu nous sauver tous, c'était ma responsabilité d'attraper Nikiski. Mais c'est Spruce qui l'a eue en premier.

Mes épaules se raidissent.

— Spruce ?

Je répète ce nom que j'ai entendu dans mes rêves, je ne sais pas trop quand ni comment. C'est… c'est flou. Mais je connais ce nom.

— Mon jumeau, grogne Grey. Il a enlevé Nikiski et a troqué sa vie contre la sienne – à Tadhg.

— Tu en es sûr ?

Je suis quelque peu déconcertée par cette description des événements. Car quelque chose ne me paraît pas coller, mais je n'arrive pas à définir quoi.

— Oui.

Il vient s'asseoir à table face à moi et me raconte ses recherches avec Cael, comment ils ont suivi la piste brouillonne laissée par Spruce, qui les a menés au secteur Alpha.

— Nous avons passé près d'un siècle à essayer de déchiffrer chaque voie du réseau, mais il y a eu beaucoup de fausses pistes et d'impasses.

— Tadhg ? demandé-je.

— Il ne nous a pratiquement rien donné, maugrée-t-il. Ses deux acolytes ne nous ont pas été d'une grande utilité non plus.

— Désolée.

Je grimace. J'espérais qu'ils auraient tiré quelque chose d'important de cette situation, mais mon véritable objectif avait toujours été de protéger les Omégas. Et cela, au moins, a été une réussite.

— Ne t'excuse pas pour quelque chose que tu ne peux pas contrôler, réplique-t-il en soupirant. Tadhg était l'un des principaux soutiens de l'organisation. C'est tout ce que nous savons avec certitude. Mais nous essayons toujours de déterminer qui mène la barque.

— Parce que tu crois que cette personne détient ta sœur, supposé-je.

Il secoue la tête.

— Non. On veut simplement tuer tous ceux qui sont impliqués. (Il prononce cette phrase avec désinvolture, mais je sais qu'il en pense chaque mot.) Notre prochaine étape, en termes de planification, est d'organiser une réunion avec le prince du secteur Doré.

Je hausse les sourcils.

— Les dragons ?

Il acquiesce.

— On pense qu'ils sont concernés, ou qu'ils détiennent au moins des informations importantes. Cael s'occupe de tout préparer grâce à ses contacts.

— Pourquoi ne pas juste appeler le prince Oros ? suggéré-je, perplexe. Soyez directs.

— Tu connais bien les dragons ? rétorque-t-il en se penchant en avant. Tu en as déjà *vus* ?

— Pas vraiment, non. Mais j'ai traîné dans le coin assez longtemps pour savoir qu'ils sont royaux, réponds-je. Il y a aussi un Oméga du Drakon-Clan au Sanctuaire. Il est très perspicace.

Il me fixe du regard.

— Il ?

— Un mâle Oméga, oui. Tu sais qu'ils existent.

— Oui, je sais. Mais je suis curieux de savoir en quoi cet Oméga mâle est *perspicace*.

— Tu te sentirais mieux si c'était *une* Oméga du Drakon-Clan ? le taquiné-je. Si je *la* qualifiais de perspicace ?

Il serre visiblement les mâchoires.

— En quoi est-*il* perspicace ?

— Parce qu'il connaît beaucoup de choses dans ce monde, réponds-je à l'Alpha bouillonnant. Et ce n'est qu'un ami, *Grey.* Alors calme ta bête.

Je l'ai appelé délibérément par son nom, et non son titre, pour essayer de lui faire comprendre. Quoique je ne vais pas me mentir, j'aime bien l'énergie possessive qui émane de mon âme sœur en ce moment. Je ne suis même pas sûre qu'il en soit conscient. Ou peut-être que si, mais qu'il s'en fiche.

Il repousse sa chaise et se lève, puis se penche pour plaquer ses mains sur la table. Son regard capture le mien avec une intensité qui me coupe le souffle.

— La prochaine fois que tu voudras mentionner l'un de tes *amis* masculins *perspicaces*, souviens-toi que c'est *mon* nœud qui te faisait saliver il y a quelques minutes à peine. *Le mien.*

Sur ces mots inattendus mais profonds, il se dirige d'un pas raide vers la chambre.

— Ton nœud est le premier que j'ai jamais vu, le rappelé-je. Et le seul que j'ai jamais désiré.

Il s'immobilise sur le seuil.

— Je ne suis pas vierge, Grey, ajouté-je en me levant et en fixant son dos.

Il pivote lentement, les narines dilatées.

— Pas au sens strict, en tout cas, continué-je. Mais c'est seulement parce que j'ai besoin de me soulager pendant mes chaleurs. Et il existe des jouets qui simulent un nœud, quand on est seule dans un nid. Mais aucun de ces simulateurs n'est comparable à celui qui se trouve entre tes jambes. J'espère que ça t'aidera à calmer ta bête.

Il se contente de me fixer du regard. Et je le fixe en retour.

— Je connais mon destin depuis mes toutes premières chaleurs, reprends-je. Je ne sais pas si trop c'est la façon dont le destin s'assure qu'une Oméga reste vierge ou non, mais dans mon cas, ça a marché. Je n'ai jamais ressenti le besoin de flirter, sachant qui viendrait un jour pour moi. La jalousie n'est donc pas de mise. Du moins, pas de ta part en ce qui concerne mes *amitiés* passées.

Grey semble avoir le souffle coupé. J'attends qu'il dise quelque chose, mais il garde le silence. Je me sens soudain très stupide d'avoir avoué tout ça, mais c'est sorti tout seul.

Il n'aime pas le mensonge, donc il préfère la franchise. Alors pourquoi se cacher de notre destinée ? Il sait aussi bien que moi que nos âmes sont liées. Je le sais seulement depuis plus longtemps.

— D'accord. Désolée. J'ai eu un siècle pour me préparer à ça. Je comprends que tu aies besoin de plus de temps pour l'accepter.

Ce qui est vraiment terrible, honnêtement, car nous n'avons guère de temps à passer ensemble avant la fin.

Mais il l'ignore. Et je ne peux pas non plus lui révéler ce détail. Car cela changerait le destin en quelque chose de pire, et vu à quel point il est déjà horrible, je déteste imaginer ce que *pire* pourrait réellement signifier.

Je m'éclaircis la gorge et fais un pas vers le seau qu'il a laissé par terre.

— Je vais… nettoyer le poisson, marmonné-je, ayant besoin de m'occuper. Le préparer pour le dîner.

Mes paroles tombent dans le silence.

Pour une fois, j'aimerais pouvoir *voir* ce qui va se passer ensuite. Mais je ne peux pas. Car, comme pour presque tout ce qui concerne Grey, tout est *flou*.

On pourrait penser qu'être une voyante présente certains avantages. Or le seul avantage que je semble avoir, c'est quand il s'agit d'aider les autres. Jamais moi-même.

Réprimant un soupir, je prends le seau et le pose près de l'évier, prête à attaquer.

Seulement, ma main est saisie avant que j'attrape un poisson. Je jette un regard perplexe à Grey et me retrouve soudain coincée entre lui et le plan de travail, tandis qu'il me fait pivoter pour lui faire face.

— Qu'est-ce que…

Sa bouche s'écrase sur la mienne, et ce baiser est si surprenant que j'en oublie de respirer. De penser. D'*exister*.

Parce que mon Alpha – *mon promis* – m'embrasse.

Et je ne l'ai même pas vu venir…

7

GREY

Les aveux d'Ashlyn ont été tellement inattendus que je me suis figé.

Elle est vierge. Parce qu'elle connaissait son destin. Elle savait que j'étais son destin et n'a laissé personne la toucher. Que suis-je censé faire de cette information ?

Ma bête rugit de triomphe en moi, exigeant que je fonce prendre ce qui m'appartient.

Putain.

La façon dont elle a regardé mon nœud quand je suis revenu ici… C'était comme si elle voulait se mettre à genoux et faire intimement connaissance avec ma bite. Or maintenant, c'est moi qui veux m'agenouiller devant elle. Lui donner du plaisir. *La remercier.*

Parce qu'elle m'a attendu… L'instinct possessif que je nourris est à la fois apaisé et attisé par cette prise de conscience.

Je la regarde prendre le seau et le poser près de l'évier avec des mouvements plus raides qu'ils ne devraient l'être.

Mais je me fiche de ce qu'elle veut faire ou du nettoyage du poisson. Tout ce que je veux, c'est la *dévorer*.

Je n'entre pas dans la cuisine ; je m'y éclipse, attrape sa main avant qu'elle ne touche le contenu du seau et la fais pivoter. Ses yeux bleus s'écarquillent, la confusion se lit sur ses traits. Je ne lui laisse pas le temps d'émettre une remarque ou une question. Je fais simplement ce que j'ai envie de faire depuis notre première rencontre : je l'embrasse. Et pas gentiment, mais avec une passion qui couve depuis le moment où j'ai appris son existence.

Elle a cru qu'il me fallait plus de temps pour digérer tout ça. Putain, elle ne pouvait pas se tromper davantage. J'ai digéré et accepté la situation dès que j'ai croisé son regard sur sa photo.

Certains Alphas luttent contre leur destin. Je n'ai aucune envie de perdre mon temps. Et je le lui montre avec ma langue. Je lui fais me goûter. Découvrir qui je suis *vraiment*. Ressentir mon intérêt, mon *désir*.

Elle est douce. Belle. Intelligente. Altruiste. Je serais fou de ne pas vouloir cela. De ne pas *la* vouloir.

Je lâche sa main, pose la mienne sur sa nuque et l'attire vers moi. Elle est vêtue d'un de mes t-shirts, qui tombe sur son corps comme une robe trop grande. Je sais qu'elle ne porte rien dessous, ce qui fait palpiter ma bite en réaction.

Je bande. Je suis sûr que c'est depuis qu'elle a contemplé franchement mon nœud.

— Putain, Ashlyn, soufflé-je contre sa bouche.

Mon loup rugit en moi d'un désir instinctif. Il sera bientôt impossible de le contrôler. Et je ne sais pas ce qui se passerait si je le laisse faire. C'est la partie sauvage de moi-même qui me fait peur. Celle qui ressemble beaucoup trop à mon père.

Penser à lui me rappelle la note d'Ashlyn, le postscriptum qu'elle a écrit comme quoi je ne suis pas comme lui. Elle ne pouvait pas se tromper davantage.

Il y a en moi une cruauté qui ne demande qu'à être libérée – cette pulsion *destructrice* du Z-Clan. Je ne veux pas qu'elle découvre ce côté sauvage en moi. Et je ne peux pas faire confiance à mon loup pour ne pas la lui montrer.

Pas encore, en tout cas. Peut-être jamais.

Elle a pourtant déclaré que ma bête n'était pas celle qu'elle craignait. *Que voulait-elle dire par là ?*

J'oublie cette question quand elle pose ses mains sur mon abdomen. Ses paumes sont brûlantes sur ma peau tandis qu'elle les promène lentement sur mon torse. Explorant. Apprenant. *Caressant.*

Un petit gémissement de plaisir m'échappe, m'incitant à me pencher pour attraper ses hanches. J'ai envie qu'elle soit encore plus près de moi, mais la différence de taille entre nous rend cela difficile. Alors je la soulève dans les airs. Elle enroule automatiquement ses jambes autour de ma taille, pose ses bras sur mes épaules.

Et soudain, c'est comme si nous avions toujours été destinés à être ainsi, son corps blotti contre le mien tandis que je la porte jusqu'à la chambre.

Tout va très vite, mais je m'en fous complètement. Cette femme était vouée à être mienne. *Et elle m'a attendu,* m'émerveillé-je encore. *Putain, elle m'a attendu…*

Ce que je ne lui dis pas, c'est que moi aussi, j'ai attendu.

Je suis sorti avec quelques femmes, mais jamais avec une Oméga. J'ai gardé mon nœud pour ma promise. J'avais peur de ne jamais la trouver, que peut-être ma génétique V-Clan avait altéré mon destin, mais malgré tout… je me suis retenu et n'ai jamais profité d'aucune opportunité.

Alors, sachant qu'Ashlyn a fait de même…

Je l'allonge sur le lit et rampe vers elle, mes lèvres cherchant de nouveau les siennes.

La perfection.

Je la cloue au matelas et la dévore avec ma langue.

À moi.

Ma queue palpite quand je m'installe entre ses cuisses.

Ma compagne Oméga…

Je ne me suis jamais senti aussi déséquilibré, mais pourtant aussi stable, de toute mon existence.

Elle est incroyable sous moi, si douce et si chaude. Je caresse sa joue, gardant mes lèvres sur les siennes pendant que je l'explore de mon autre main. Doucement au début. Je teste ses limites, identifiant celles qui pourraient exister.

En caressant son bras, je remarque la chair de poule qui hérisse sa peau. J'atteins son épaule puis je descends le long de son flanc, mon pouce effleurant son sein rebondi au passage.

Elle ne se raidit pas une seule fois. Au contraire, elle se détend encore plus contre moi, comme si elle *fondait* sous mes caresses. Ce qui est peut-être le cas.

— Tu avais prédit cela ? chuchoté-je contre sa bouche. Tu sais ce qui va se passer ensuite ?

Elle secoue la tête, son nez effleurant le mien.

— N-non, balbutie-t-elle, ses grands yeux bleus levés vers moi. Je n'ai jamais… tu n'as jamais… dans mes rêves, je veux dire.

— Je n'ai jamais quoi ?

— Embrassé, souffle-t-elle, d'un ton bien plus timide que ces derniers jours.

Je m'écarte un peu.

— Je ne t'ai jamais embrassée dans tes visions ?

Elle secoue de nouveau la tête.

— Non.

— Je t'ai nouée ?

Ses pupilles se dilatent.

— Non…

Ça n'a aucun sens. Je m'agenouille de chaque côté de sa tête, car j'ai besoin de comprendre.

— Nous sommes liés par le destin.

Ce n'est pas une question, mais une affirmation.

— Oui.

— Tu sais que nous sommes liés par le destin.

— Bien sûr.

— Et tu n'as jamais rêvé que je t'embrassais ?

— Pas une seule fois. (Son regard se pose sur ma bouche.) Mais j'y ai pensé.

J'arque un sourcil.

— Pas comme une vision alors, juste comme un… fantasme ?

Ses joues rosissent.

— C'est ça.

Hum. J'étudie ses traits, appréciant la façon dont le rose vire au rouge à chaque battement de cœur.

— À quoi as-tu fantasmé ?

Elle écarquille les yeux.

— C'est intime.

— Dit la femme qui reluquait ouvertement mon nœud dans la cuisine, raillé-je. Dis-moi ce que tu veux que je te fasse, Ash. Comme ça je pourrais te récompenser en réalisant ton fantasme.

Cela m'aidera à savoir jusqu'où je peux aller, et me permettra de mieux contrôler mon loup. Il fait silence en moi, attendant sa réponse.

Elle ne dit rien pendant si longtemps que je croie qu'elle va ignorer ma demande. Puis, enfin, ses cils blond clair papillotent et elle lève de nouveau les yeux sur moi.

— Je peux te montrer à la place ?

— Tu peux me faire tout ce que tu veux, lui dis-je sincèrement.

Une petite lueur malicieuse apparaît dans son regard.

— Je ne suis pas sûre que tu devrais me donner ce pouvoir.

— Lâche-toi, Oméga, la défié-je.

Puis je roule hors d'elle pour m'allonger sur le dos, les mains derrière ma tête.

Elle affiche un air étonné, comme si elle n'arrivait pas à croire que je la laisse prendre les rênes. Puis elle rampe prudemment sur moi pour s'asseoir à califourchon sur mes hanches. Mon excitation est indéniable, ma queue poussant contre mon pantalon pour se placer juste contre sa chatte alors qu'elle s'installe sur moi. La légère dilatation de ses narines m'indique qu'elle l'a remarqué. Et la façon dont elle se frotte légèrement contre ma hampe suggère qu'elle aime ça aussi.

Le t-shirt trop grand dissimule ses courbes, mais je distingue la forme subtile de ses tétons qui pointent sous le tissu. Elle est intéressée.

Et excitée, ce que prouve également l'humidité que je sens imprégner mon pantalon.

Elle mouille, me dis-je, ce qui me donne envie de la pénétrer. *Dieux, je veux sentir ça sur ma queue.* Non, je veux le *goûter* sur ma langue.

Je n'ai jamais eu ce plaisir. Je n'ai jamais connu la chatte serrée d'une Oméga. J'ai toujours attendu ma promise – j'ai toujours attendu *ça.*

Or jusqu'à présent, qu'Ashlyn n'a fait que me chevaucher. Elle étudie mon torse, les mains sur ses flancs.

— Tu peux me toucher, dis-je, l'invitant à s'amuser. En fait…

Mon poignet se met à vibrer et je manque bondir hors

du lit, le rappel du métal sur ma peau tuant aussitôt mon humeur.

— *Merde !*

Il me faut un moment pour me rappeler comment respirer, les vibrations m'évoquant une autre époque… quand un collier m'étranglait chaque fois que j'essayais de m'éclipser…

Ashlyn me caresse le bras, ramenant mon attention à elle. Elle fronce les sourcils, mais pas à cause de moi, plutôt à cause de ma montre. Car un écran est apparu, sur lequel défile le nom de Cael.

C'est lui qui m'appelle. Ce qui ne lui ressemble pas du tout.

Soupirant, j'attrape Ashlyn par les hanches et l'écarte de moi. Je ne peux pas parler à Cael alors qu'elle est à califourchon sur ma queue, surtout avec son odeur qui imprègne l'air.

— Je reviens dès qu'on a fini, lui dis-je.

Une étrange petite expression traverse son visage, que je n'arrive pas à déchiffrer.

— Ouais, OK. Je comprends.

Quelque chose dans cette réponse me paraît bizarre, mais j'y reviendrai après avoir fait cesser le bourdonnement autour de mon poignet.

Je me penche pour effleurer ses lèvres des miennes.

— On reviendra aussi sur ton fantasme, lui promets-je.

Puis je m'éclipse hors de la grotte et prends l'appel de Cael.

— Quoi ? aboyé-je, incapable de cacher mon impatience.

Il hausse les sourcils en réponse.

— Quelle Oméga te tient par les couilles ? (Il feint une révélation l'instant d'après.) Oh, c'est vrai. *Ashlyn.* Comment va notre petite voyante, hein ?

— Tu veux que je te raccroche au nez ? lui lancé-je.

— Tu veux que je rappelle ? rétorque-t-il.

Je serre les mâchoires, mon irritation grandissant.

— Tu sais que je déteste le métal sur ma peau, Cael.

— Je sais. Mais il te faut cet appareil par sécurité.

— Alors ne t'en sers pas pour passer des coups de fil impromptus, lui intimé-je.

Surtout quand ils interrompent un moment intime avec mon Oméga, ai-je presque envie d'ajouter.

— Ce n'est pas un appel impromptu. Mais tu as répondu avec tant de calme et de politesse que je n'ai pas encore eu l'occasion de t'expliquer ce qui m'amène.

Je lève les yeux au ciel.

— Arrête de me faire perdre mon temps, *Votre Majesté*, et crache le morceau.

— « Arrête de me faire perdre mon temps », qu'il dit, singe Cael en secouant la tête. Si seulement tu savais.

— *Cael !*

— Eh bien, elle te tient vraiment par les couilles, pas vrai ? badine-t-il. (Je lève la main pour appuyer sur le bouton Déconnecter, mais il ajoute :) Je t'appelle au sujet d'Oros.

Ma main retombe le long de mon corps.

— Quoi, Oros ?

— Nous avons une réunion prévue dans un peu moins de deux heures. Virtuelle. Tu veux te joindre à nous ?

— Oui, réponds-je sans hésiter. Mais ça veut dire que tu auras besoin de moi dans le secteur Lunaire, j'imagine.

Car je ne pourrai pas y participer en toute sécurité d'ici. La montre est puissante et utile, mais hélas, elle a ses limites.

— En effet, admet-il. Toutefois la discussion devrait être brève.

— Très bien, acquiescé-je. Je vais sécuriser mes runes ici, puis je viendrai juste pour l'appel.

J'aimerais beaucoup emmener Ashlyn avec moi, mais je ne peux pas. Si sa présence est détectée ou même soupçonnée dans le secteur Lunaire, je devrai répondre à un trio de puissants Alphas du V-Clan, à qui je ne veux vraiment pas avoir affaire en ce moment.

L'expression de Cael montre qu'il pense la même chose. Il demande néanmoins :

— Est-ce qu'elle sera en sécurité là où elle est ?

— Temporairement. Mais je ne peux pas m'absenter longtemps.

— On minutera, propose-t-il. Dis-moi pendant combien de temps ça ira pour toi, et tu pourras partir si on atteint cette limite.

— Je vais en parler à Ashlyn, voir ce qu'elle préfère. (Je ne veux pas la laisser ici sans protection ni sans savoir quand je reviendrai.) Mais si elle n'est pas à l'aise…

— Alors je gèrerai seul cet appel et te ferai un résumé.

J'acquiesce.

— Mais, Grey, ajoute-t-il d'un ton plus sérieux, Oros a mentionné qu'il devait communiquer des informations importantes concernant une nouvelle acquisition d'Omégas. Il m'a dit de me préparer à *accepter* sa déclaration, quoi que ça veuille dire.

Je me rembrunis.

— Tu ne penses pas que ça a un rapport avec Nikiski, si ?

— Je ne sais pas. Oros est impossible à cerner.

— Comme la plupart des Alphas du Drakon-Clan, grommelé-je. (Passant mes doigts dans mes cheveux, j'essaie d'interpréter cette nouvelle énigmatique.) Le secteur Doré comporte de nombreuses grottes, n'est-ce pas ?

— Oui, il me semble.

— Avec des bougies ?

Il hausse les épaules.

— Je n'ai pas visité cette région du monde depuis l'Ère Pré-infectée, donc honnêtement, j'ignore ce que sont devenues les îles grecques. À part qu'elles sont infestées de dragons, bien sûr.

— Ouais, bon, soupiré-je. Je vais en parler à Ashlyn.

— Bien. Fais-moi savoir si tu ne viens pas, sinon je te verrai dans (il regarde quelque chose hors champ) 98 minutes dans mon bureau.

L'écran vire au noir : fin de l'appel.

Je secoue mon poignet, surtout pour faire rétracter la magie translucide dans son boîtier métallique, mais aussi parce que j'ai besoin de me rassurer que la montre ne soit pas un collier.

Avec une grimace mentale, je retourne dans la grotte et retrouve Ashlyn exactement comme je l'avais laissée. Si seulement je pouvais la rejoindre…

— Il faut que tu manges, dis-je en gagnant la cuisine. Et nous devons parler.

8

ASHLYN

Mon estomac se noue. Car je sais ce qui va se passer. Je l'ai déjà *vu*.

Pas les baisers. Ni les contorsions dans le lit. Ni la sensation des grandes mains de Grey sur moi. Mais ce moment précis – celui où il m'annonce qu'il doit partir.

C'est le début d'une série de départs qui mènent tous à la même fin.

Déglutissant, je remets mon t-shirt en place et je sors du lit, ignorant la moiteur entre mes cuisses. Il l'a sentie. Il sait que je suis excitée. Ou que je l'étais, en tout cas. Il en reste des traces sur son jogging.

Cependant, je ne peux pas rassembler l'énergie nécessaire pour en être gênée. Je ne pense pas non plus que je devrais l'être. Je suis une Oméga. Il est mon Alpha. Bien sûr que je suis excitée en sa présence.

Je le rejoins dans la cuisine et le regarde nettoyer le poisson, celui-là même que j'allais vider avant qu'il ne m'attrape et m'embrasse. Hélas, il n'y pense carrément plus.

— De quoi veux-tu parler ? lui demandé-je, connaissant déjà la réponse.

— Du secteur Doré.

Je sourcille.

— Le secteur Doré ?

Ce n'est pas ce qu'il était censé dire. *Pourquoi ce moment change-t-il ?* m'étonné-je, promenant mon regard autour de moi pour m'assurer que je suis bien dans la bonne scène. *Ou peut-être...*

— Ils ont des grottes. Des souterrains. (Il me jette un coup d'œil.) Tu penses que ça pourrait être ta vision de toutes ces bougies ?

Je bats des paupières.

— Je... je ne sais pas. C'est possible ?

— Est-ce que tu as vu de l'or ou des dragons dans tes visions ?

— Je ne crois pas.

Il a l'air déçu. Je me sens donc obligée de demander :

— Pourquoi ?

— Oros, le prince du secteur Doré, a accepté ce rendez-vous avec Cael. Mais il a ajouté un commentaire énigmatique au sujet d'une acquisition d'Omégas dont il veut nous parler.

— Oh.

Je fronce le nez, car rien de tout cela ne correspond à mes attentes pour ce moment. Tout ça me paraît faux.

Pourquoi je ne l'ai pas visualisé ? Ou est-ce que ça n'a strictement rien à voir ?

— Je me demandais si ça pouvait avoir un rapport avec Nikiski, reprend-il, sans détourner son regard de moi. Tu as une idée ?

— Euh... non, avouai-je. Mais je pense que tu devrais assister à cette réunion, écouter ce qu'il a à dire. Car maintenant je veux plus d'infos sur ce que j'ai manqué.

Mes dons de voyance sont bien plus précis que ça en général.

— Ça va m'obliger à me rendre dans le secteur Lunaire, remarque-t-il.

— Oui, c'est logique, acquiescé-je.

— Je t'emmènerais bien avec moi…

— Mais tu ne peux pas, car Kieran ou Lorcan viendront me chercher pour me ramener au Sanctuaire. Je le sais, affirmé-je, très consciente de cet aspect.

Parce que nous en avons discuté dans ma tête. Toutefois, la raison pour laquelle il devait rentrer chez lui était très différente.

À moins que cela le mène à retrouver Nikiski ? m'interrogé-je, puis je secoue la tête.

— Ouais, non, tu dois y aller. Je sais que tu dois y aller. Ça ira. Je m'en sortirai ici.

Pour le moment, manqué-je d'ajouter à voix haute. Mais je dis à la place :

— Je vais t'aider à préparer ce déjeuner ou ce dîner ou quoi que ce soit, comme ça tu mangeras avant de partir.

— Ashlyn…

Je l'ignore et prends des ingrédients dans le frigo.

— *Ashlyn,* tente-t-il de nouveau.

Comme je ne réponds pas immédiatement, il me saisit le poignet. Un choc me parcourt le bras, son contact est électrisant. Je croise son regard.

— Grey ?

— Je reviendrai, m'affirme-t-il.

Je dois faire appel à toute ma volonté pour ne pas grimacer. Car ces mots hantent mes cauchemars. « *Je reviendrai* », dit-il toujours. Sauf qu'il ne revient pas. Il ne revient jamais.

— Attends, murmure-t-il.

Il se tourne vers l'évier pour se laver les mains. Je

l'observe, ignorant ce qu'il compte faire. Car encore une fois, ce n'est pas ce que j'avais vu. Tout est si confus. Tellement *étrange*.

Le secteur Doré ? réfléchis-je, essayant d'assimiler ce potentiel changement de lieu. Aucune de mes prédictions ne concernait de dragons, seulement des clans de loups. Mais si les dragons sont impliqués, cela pourrait expliquer une partie du flou dans mes visions. Ce sont des créatures mystiques, similaires aux loups du V-Clan. Seulement, leurs pouvoirs sont moins connus en dehors de leurs différents secteurs.

Un dragon pourrait-il perturber mes visions ?

— Bon. (Grey se tourne à nouveau vers moi tout en s'essuyant les mains.) Je vais tracer une rune protectrice sur toi. Elle sera directement reliée à moi, donc si tu as le moindre problème, tu pourras t'en servir pour m'alerter.

Je cille, perplexe.

— Je croyais que les runes étaient destinées aux objets inanimés ?

Il sourit, dévoilant une fossette sur sa joue gauche, que je n'avais jamais remarquée.

— La plupart le sont, mais certaines fonctionnent de cette manière.

Il me prend les ingrédients des mains – que j'avais oublié avoir sortis du frigo – et les pose sur le plan de travail. Lorsqu'il saisit de nouveau mon poignet, une autre onde d'électricité parcourt ma peau, me faisant frissonner.

Je ne sais toujours pas ce qui va se passer. C'est à la fois déconcertant et excitant.

Il me dévisage d'un regard bienveillant, d'une douceur nouvelle. *Parce que nous nous sommes embrassés ?* Quelque part, j'ai envie d'oublier tout ça et de l'embrasser encore. Sa langue était comme du velours contre la mienne. Dominante. Douce. *Addictive.* Je veux découvrir bien plus encore de sa bouche. Bien plus encore de *lui*.

Il fait glisser son doigt le long de mon avant-bras, suivant les veines depuis mon poignet.

— Tu vas regarder pour essayer d'apprendre plus tard ? me demande-t-il, une pointe d'amusement dans la voix.

Tu crois que je suis folle de vouloir apprendre à créer des runes, maugrée-je. Mais d'autres compagnons partagent leurs dons, tu sais.

Son doigt s'immobilise, et je réalise que je viens de me trahir. Pas intentionnellement. Rien de grave. Juste *pourquoi* je voulais qu'il m'apprenne.

— Est-ce que tu hériteras de mes talents quand nous nous accouplerons ? interroge-t-il en étudiant mes traits. Est-ce que j'hériterai des tiens ?

— Je ne sais pas, avoue-je, mon cœur battant un peu plus vite.

Il a dit *quand. Quand nous nous accouplerons. Est-ce que ça veut dire… ? Non.*

Je chasse complètement ce fil d'idées de mon esprit. Je *sais* que ça n'arrivera jamais. Pas de la manière dont il le laisse entendre, en tout cas.

— C'est un désir idiot, lui dis-je, m'efforçant de balayer tout cela. Je pensais juste que ce serait amusant de savoir comment faire… si jamais ça arrivait.

— Ce n'est pas idiot du tout, réplique-t-il en caressant mon poignet du pouce. Alors regarde bien. Ce dessin est un peu plus délicat à réaliser, car il est tracé sur la peau.

Il commence lentement, me montrant le motif et m'expliquant les angles. C'est un peu comme apprendre une langue étrangère, mais avec des lignes et des points, pas des mots. Je me concentre sur tout ce qu'il dit, faisant de mon mieux pour mémoriser le dessin. Ça m'aide beaucoup qu'il brille sur ma peau, presque comme un tatouage embrasé.

— Est-ce que ça va rester comme ça ? m'enquiers-je une fois qu'il a terminé, admirant les contours nets et le motif entrelacé.

— Oui, jusqu'à ce que je l'enlève, répond-il. Donc, si tu as besoin de moi, il te suffit d'appuyer ton pouce ici.

Il attrape mon autre main et la pose sur le motif doré esquissé sur ma peau. Lorsque mon pouce touche le cœur du dessin, un léger bourdonnement se fait entendre. C'est un peu comme une alarme, mais pas très forte. Juste une présence que l'on peut sentir.

— Tu la ressens, hein ? demande-t-il.

Je hoche la tête.

— Bien. (Il lâche mon bras et porte ma main à ses lèvres pour y déposer un baiser.) Tout ce que tu as à faire, c'est de toucher la rune comme ça, et je sentirai bourdonner la même énergie.

— Je n'ai rien vu de tout ça.

C'est une confession, qu'il a l'air de comprendre.

— Alors peut-être qu'on modifie le destin… de manière positive. (Il se penche pour effleurer ma joue de ses lèvres.) Il me reste environ soixante minutes pour cuisiner, manger et recharger les protections extérieures. Donc occupons-nous du déjeuner.

— Du déjeuner ? répété-je, désirant confirmer l'heure, car c'est un peu bizarre de vivre dans une grotte.

Il me lance un regard.

— Quand je reviendrai, nous irons courir. Je suis sûr que ta louve aimerait faire un peu d'exercice.

— Mais c'est l'heure du déjeuner ? insisté-je.

— Oui.

— Donc le soleil est haut dans le ciel ?

Il fronce légèrement les sourcils.

— Oui. (Il se tourne de nouveau vers moi.) Pourquoi ?

— Juste par curiosité, réponds-je en haussant les épaules. Ça fait un moment que je n'ai pas vu le soleil.

Ce n'est pas un mensonge. Mais ce n'est pas la vérité non plus.

En mon for intérieur, je suis inquiète. Car c'est la nuit que le mal arrive. S'il fait jour… alors peut-être que tout ira bien. Peut-être qu'il reviendra vraiment.

J'ignore mes pensées qui s'emballent et concentre mon énergie à l'aider dans la cuisine. C'est notre cinquième repas de poisson de la semaine. *Heureusement que j'ai passé les dernières décennies sur une île de l'Arctique,* songé-je. *Sinon, j'en aurais peut-être déjà marre du saumon.*

Grey ne parle guère pendant que nous mangeons, mais je sens qu'il m'étudie. J'en ai révélé bien plus que j'en avais eu l'intention aujourd'hui. Il a peut-être raison à propos de changer le destin. Quoique j'espère vraiment qu'il se trompe.

Le repas terminé, il doit partir. Il enfile rapidement un jean et un pull noir, puis revient dans la cuisine après avoir chaussé des bottes.

— À bientôt, lui dis-je, me forçant à sourire.

Il m'observe encore un instant.

— Souviens-toi de la rune, Ash. (Il passe son doigt dessus, comme si je pouvais oublier le symbole luisant sur mon bras.) Si tu as besoin de moi, *appelle-moi.*

Il presse ses lèvres sur ma tempe, un geste intime qui me donne des papillons dans le ventre.

Puis il s'éclipse hors de la grotte.

Je sais qu'il est toujours dans les parages, occupé à recharger les protections, comme il dit. Mais je ne le capte pas. Au contraire, je me sens simplement seule. Dans une grotte. *Où je finirai par trouver la mort.*

Mon estomac se noue à cette pensée, et je ferme les

yeux. *Inutile de ruminer, Ash,* me dis-je. Je frissonne quand j'entends la voix de Grey dans ma tête m'appeler par le même nom. Ce surnom était inattendu, et encore une fois, *non perçu.* Mais je l'aime bien.

Je rouvre les yeux et observe la cuisine de nouveau en pagaille. *Autant la nettoyer,* décidé-je, en quête d'une distraction.

Après quoi je prendrai une douche. Puis j'attendrai Grey.

Et je verrai bien s'il revient vraiment.

9

GREY

Secteur Lunaire

J'aimerais pouvoir dire que c'est bon d'être de retour chez soi. Mais ce n'est pas du tout le cas. En fait, cela fait cinq minutes que je suis ici et j'ai déjà envie de retourner dans les Terres Nomades.

Je pose ma main sur ma poitrine, détestant cette étrange douleur qui grandit en moi. Je sais qu'Ashlyn est mon âme sœur. Mais cette envie est très inopportune.

Cael me jette un regard amusé qui remonte de ma main à mon visage.

— Notre petite voyante te manque ?

— Est-ce que tu m'as appelé ici pour une réunion ou pour un combat d'entraînement ? rétorqué-je. Parce que je penche plutôt pour la deuxième option.

Il esquisse un sourire.

— Depuis un siècle que je te connais, je crois qu'il n'a jamais été aussi facile de te provoquer.

— Je n'ai pas bien dormi ces derniers jours.

Ce n'est pas un mensonge. J'ai bandé toutes les putains

de nuits et j'ai été consumé par le besoin de ronronner pour Ashlyn pendant qu'elle rêvait.

C'est dans ma nature de la serrer dans mes bras et de la réconforter. Je ne suis même pas sûr qu'elle s'en rende compte. Mais elle doit savoir que nous partageons le même lit. Je n'ai nulle part ailleurs où dormir, sinon par terre ou sur la causeuse du salon.

Cael va pour répondre quand son écran s'allume sur un appel entrant.

L'amusement s'efface aussitôt de ses traits, qui affichent en un clin d'œil la prestance d'un prince Alpha. Je reste face à lui, n'ayant pas l'intention de me montrer ou de révéler ma présence pour l'instant.

— Tu n'es pas Oros, constate Cael en haussant légèrement ses sourcils noirs. Onyx, je présume ?

Sa question est accueillie par un silence, sans doute dû à un instant de surprise.

— La plupart des étrangers ne voient pas de différence entre mon frère et moi, répond Onyx.

— Je ne suis pas comme la plupart des étrangers, rétorque Cael d'un ton sec. Je n'apprécie pas non plus les manœuvres trompeuses. Donc à moins que tu aies quelque chose d'important à dire, je vais raccrocher.

— Nous sommes là tous les deux, prince du secteur Lunaire, murmure une voix cultivée, dont je suppose qu'elle appartient au *frère*, le prince Oros.

Tous deux ont un accent, leur anglais paraît teinté d'une autre langue. Le roumain, peut-être ?

— Je n'aime pas les jeux, leur dit Cael.

Je me retiens de ricaner, car c'est un mensonge éhonté. Je n'émets toutefois aucune remarque, ne voulant pas distraire Cael de son *jeu*.

— Toutes mes excuses, profère la voix cultivée, qui n'a pas du tout l'air désolée. Mon frère et moi partageons le pouvoir dans le secteur Doré. Je suis peut-être prince, mais il est tout aussi puissant que moi.

— Parfois plus puissant, commente l'autre. Je suis également très protecteur.

— Une qualité que j'admire, approuve Cael. Mais j'aimerais en venir au fait. Vous avez parlé d'une acquisition d'Omégas ?

— N'est-ce pas toi qui as souhaité cet appel ? rétorque Onyx d'une voix tranchante qui m'aide à identifier l'interlocuteur.

Son frère a beau être le prince, il est clair qu'Onyx est le plus dur des deux. Je parie que c'est pour cela qu'Oros est le diplomate et Onyx le commandant en second.

— Je souhaite obtenir des informations sur l'organisation qui gère les infâmes *parties de chasse* à travers le monde. (Le ton sec de Cael résonne dans son bureau, son regard de loup transparaît dans ses yeux bleu-vert.) Je crois que vous la connaissez bien.

— C'est la rumeur, oui, admet Oros avec douceur. Le secteur Doré a une réputation d'intimidation à protéger, similaire à celle des loups insaisissables du V-Clan.

Cael scrute l'écran en sourcillant ; je me demande ce qu'il voit.

— Oui, s'il te plaît, dit Oros d'une voix soudain bien plus douce.

S'il te plaît quoi ? m'étonné-je.

— C'est très bien, *printesa mea*, murmure Oros. (Un bruit de pas résonne dans les haut-parleurs, et Cael hausse les sourcils.) J'aimerais te présenter le prince Cael du secteur Lunaire. Son second se cache quelque part dans la pièce et n'a pas encore daigné se montrer. (Je lève les yeux au ciel.) Grey, je crois, devine Oros. C'est ça ?

Cael me dévisage. Je lui rends son regard. Puis je secoue la tête et me place derrière mon meilleur ami.

— Oui, me contenté-je de dire.

Mais en mon for intérieur, je suis choqué par ce que je vois à l'écran : le prince du secteur Doré a une Oméga sur ses genoux.

Elle n'est pas vêtue de chaînes, bien qu'elle porte beaucoup d'or. Elle est habillée d'une sorte de robe noire… et elle *sourit*.

— Bonjour, dit-elle d'une voix douce et suave.

— Voici l'Oméga que j'ai acquise, murmure Oros. Aussi connue sous le nom de Taliana, ma nouvelle reine. J'ai pensé que tu serais intéressé de la voir, car je crois qu'elle est en partie une louve du V-Clan. Mais je n'en suis pas vraiment sûr, car ses gènes sont mélangés.

— C'est justement le but de notre appel, reprend Onyx. Si vous voulez en savoir plus sur l'infâme organisation dont vous avez parlé, vous devriez vous renseigner sur le secteur Obsidienne.

— C'est de là que vient Taliana, précise Oros. Son père l'a amenée ici pour la mettre à l'abri et…

Onyx lève brusquement les yeux, tout comme Oros. Puis Onyx lâche un juron.

— Excusez-moi, dit-il simplement avant de disparaître dans un nuage de particules argentées.

— Mari vient-elle de… ? chuchote Taliana, sa voix sortant des haut-parleurs.

— Je crois, oui. (Oros semble amusé. Puis il s'éclaircit la gorge et revient à Cael.) Onyx a raison au sujet du secteur Obsidienne. On devrait en discuter davantage.

— Plus qu'on le fait maintenant ? s'étonne Cael.

Oros sourit.

— Je reformule : nous devrions en discuter face à face. Tu es le bienvenu à tout moment, *prince Cael.* (Ses yeux dorés me fixent à travers l'écran.) Toi aussi, Grey.

L'écran vire au noir avant que l'un de nous deux puisse répondre. Cael laisse échapper un grognement sourd.

— Foutus dragons.

— Tu n'aimes pas les jeux ? raillai-je, sans pouvoir m'en empêcher.

Il se tourne lentement vers moi et me lance un regard noir.

— Je n'aime pas les jeux impliquant des dragons.

— Il me semble qu'Oros et toi pourriez vous entendre devant un échiquier, dis-je d'un ton égal. Invite-moi au match. Je veux regarder.

— Pour que tu puisses l'encourager ? devine Cael.

— Absolument, réponds-je.

Il secoue simplement la tête.

— T'es un ami de merde, m'accuse-t-il, son accent s'épaississant.

— C'est l'hôpital qui se moque de la charité.

Il ricane.

— Le Secteur Obsidienne ? relance-t-il, changeant brusquement de sujet pour revenir à ce qu'ont dit les dragons.

— La seule chose que je sais du Secteur Obsidienne, c'est qu'ils aiment chasser dans les Terres Nomades de l'ancienne Europe. (Je croise les bras.) Mais peut-être qu'on devrait aller fouiner.

Il acquiesce.

— Je vais en parler à Dixon, voir s'il peut nous aider à planifier ça.

Son frère est doué en technologie et en reconnaissance, alors j'acquiesce d'un signe du menton.

— En attendant, je vais rejoindre *ma* voyante.

Sans laisser à Cael le temps de réagir, je m'éclipse direct à la grotte et trouve Ashlyn dans la cuisine. Elle glapit en me voyant et laisse tomber la poêle qu'elle tenait.

— Déjà de retour ? s'étonne-t-elle. Ou tu viens juste de terminer avec les runes ?

Je m'esclaffe.

— Je suis déjà de retour de la réunion.

Elle cille, l'air perplexe.

— Mais tu es parti genre vingt minutes ?

— C'était un appel bref, lui dis-je. Tu as déjà rêvé du secteur Obsidienne ?

Elle me fixe bouche bée.

— Quoi ?

— Les dragons ont dit que nous devions enquêter sur le secteur Obsidienne et ses liens avec l'organisation secrète qui gère la traite des esclaves Omégas.

— Oh. (Elle fronce le nez.) Non, honnêtement, je ne sais rien du secteur Obsidienne, mais je vais y réfléchir et voir si je peux trouver des liens lors de ma prochaine vision.

Elle se remet à nettoyer la cuisine, mais je vois à ses épaules crispées que quelque chose la tracasse. J'ignore si cela a rapport au dragon ou à mon retour précipité, ou si ça n'a rien à voir.

Car elle me cache clairement des choses. Des secrets sur l'avenir. Je comprends qu'elle hésite à les divulguer, mais…

— Quand nous nous accouplerons, j'aurai accès à ton esprit. (Ces paroles sortent de ma bouche avant que je puisse les retenir. Elles sont vraies malgré tout.) Donc tout ce que tu *vois*, je le verrai aussi. Quel impact ça aura-t-il sur l'avenir ?

Ashlyn finit de frotter le plat – le dernier à nettoyer –, puis se lave les mains avant de se tourner vers moi.

— En vérité, je n'en sais rien, dit-elle doucement. Tout ça est très inattendu, et j'ai du mal à comprendre pourquoi.

— Parce que tu ne l'as pas vu ? questionné-je, afin de m'assurer de bien comprendre ce qu'elle veut dire.

— Oui, exactement. Je…

Les poils de mes bras se hérissent quelques secondes avant qu'une alarme retentisse dans la grotte. Ashlyn devient livide.

— Tu as dit qu'il faisait jour, chuchote-t-elle.

— En effet, réponds-je, la fixant d'un air perplexe.

Puis l'énergie monte, faisant grogner mon loup.

— Il faut qu'on parte.

J'attrape Ashlyn et active mon don d'éclipsage, mais rien ne se passe. La pièce ne se dématérialise pas. L'obscurité n'apparaît pas. Nous… restons juste dans la grotte.

Bon sang, qu'est-ce qui se passe ?

Je lâche Ashlyn et mon bras commence aussitôt à s'effacer. J'interromps l'éclipsage, bien qu'il paraisse un peu lent, presque comme si c'était la première fois que j'essayais de me téléporter.

— Qu'est-ce qui s'est passé ? s'enquiert Ashlyn, les traits marqués par la confusion et l'inquiétude.

— Je ne peux pas t'éclipser, lui expliqué-je. Pourquoi je ne peux pas t'éclipser ?

— Je ne… Je ne sais pas. Tu m'as amenée ici…

— Oui. (Et ça s'est bien passé. Je viens juste aussi de me téléporter ici.) Il se passe quelque chose de bizarre.

Je le sens dans mes protections qui explosent au dehors, les décharges électriques crépitant dans mes veines.

— On va devoir y aller à pied.

Ashlyn me regarde, les yeux ronds.

— Mais il n'y a pas de sortie…

— Ce n'est pas tout à fait vrai, marmonnai-je. On peut prendre un tunnel.

— Un tunnel ?

Sans répondre, je gagne la salle de bains et me penche sur la petite trappe d'évacuation que j'ai aménagée dans ce logis sécurisé il y a un bail. Car il fut un temps où je ne pouvais pas m'éclipser ni faire grand-chose d'autre. Un temps qui m'a appris à ne compter que sur ma seule force physique. Même si je déteste cette époque de ma vie, elle a également façonné celui que je suis aujourd'hui et la manière dont j'ai construit mes diverses tanières.

— J'ai toujours un plan en place au cas où quelqu'un parviendrait à me bloquer à nouveau, confie-je à Ashlyn.

La seule autre personne au monde qui le sait, c'est Cael.

— On va devoir ramper, l'avertis-je en retirant une grille de ventilation. Et l'espace sera un peu étroit. (Je baisse les yeux sur sa petite taille.) Plus pour moi que pour toi.

Ses yeux bleus s'écarquillent, mais elle hoche la tête.

— D'accord.

Dans son t-shirt, elle va mourir de froid dehors.

— Tu peux te transformer en ta louve pour ramper ? Ou elle sera trop grande pour le tunnel ?

Je m'écarte pour qu'elle puisse voir l'espace par elle-même.

— Je préfère rester sous ma forme humaine, dit-elle.

— Il va faire froid, Ash.

— Je ne crains pas le froid.

Elle prononce ces mots avec conviction, et je me demande si elle repense à son séjour sur les côtes glacées du secteur Kodiak. Mais ce n'est pas le moment de l'interroger. L'urgence qui me hérisse la peau me dit que nous devons partir. Car de nouvelles protections déclenchent des alertes. Dans toutes les directions.

N'importe quoi pourrait nous attaquer à tout moment : des loups, des vampires, des *dragons*. Difficile à dire avec certitude. Les runes m'avertissent seulement de l'approche de prédateurs, sans préciser leur nature. Mais le nombre de signaux qui se déclenchent dans ma tête m'indique qu'il s'agit d'une meute d'intrus, non d'un seul individu.

Heureusement, mes protections font leur travail en créant une diversion.

Je sens presque les explosions semblables à des grenades se répercuter en moi. Sauf qu'elles sont à des kilomètres de là pour le moment. Ce qui nous laisse juste assez de temps pour nous échapper à pied.

Ou en motoneige, plutôt, me dis-je en m'engageant dans le tunnel pour ouvrir la voie. Ashlyn me suit en silence. Son doux parfum emplissant l'espace ajoute une importance accrue à l'équation.

— C'était quand tes dernières chaleurs ? lui demandé-je tandis que nous avançons, d'un ton doux mais empreint d'une circonspection sous-jacente.

J'aurais dû poser cette question dès le premier jour.

— Il y a trop longtemps, répond-elle à mi-voix. Je savais qu'il ne fallait rien absorber dans le secteur des Glaciers, donc je n'ai pas subi l'œstrus forcé comme les autres.

Je grimace, sachant que plusieurs Omégas étaient entrées en chaleur forcée après ce que Granger leur avait fait. Mais je grimace encore plus en réalisant qu'Ashlyn pourrait bientôt avoir les siennes.

— J'aurais dû te ramener dans le secteur Lunaire, grommelé-je, agacé d'avoir laissé une confrontation potentielle m'empêcher de protéger Ashlyn comme il se doit.

— Je suis là où je dois être, répond-elle calmement.

Donc elle a déjà vu cette poursuite. Ce qui explique son absence de peur à présent. La plupart détesteraient se trouver dans cet espace confiné sans savoir où il mène.

Mais pas Ashlyn. Elle fait confiance au procédé et sait peut-être déjà où nous allons aboutir.

Je ne dis rien pendant un moment, me contentant de ramper rapidement dans le conduit que j'ai creusé il y a des décennies. Il permet d'insuffler de l'air frais dans la grotte, mais c'est également une issue de secours correcte.

Lorsque nous atteignons le bout du tunnel, mes protections ont presque toutes explosé, mais le chaos se répand derrière nous, pas devant. Je sens que mes runes devant nous sont toujours actives et intactes. C'est une bonne chose, car je n'ai pas envie de me battre pour sortir. Ce serait un gaspillage de munitions précieuses.

Je pousse la grille devant moi et l'entends tomber sur le ciment avec un tintement métallique. M'agrippant sur les côtés, je me hisse à travers l'ouverture et fais un roulé-boulé sur le sol avant de me relever d'un bond. Puis je me retourne et tire Ashlyn à moi pour éviter qu'elle tombe dans cet espace d'un noir d'encre.

Bien sûr, ses yeux doivent être autant accoutumés que les miens à l'obscurité. Mais cela me fait une excuse pour la toucher.

Je la pose par terre, puis prends ses joues en coupe dans mes mains.

— Je vais te trouver un manteau, des gants, une écharpe et des bottes. Ça ne changera pas grand-chose, mais c'est toujours mieux que ce t-shirt. (Et elle en aura bien besoin pour le trajet en motoneige.) Après, tu devras porter un sac à dos rempli de provisions, ajouté-je.

Elle ne répond pas.

— D'accord ? insisté-je.

— Oui, murmure-t-elle. C'est juste que je n'ai jamais *vu* ça avant.

Fronçant les sourcils, je cherche à comprendre ce qu'elle veut dire.

— Ça n'apparaît pas dans tes visions ?

— Non. (Je l'entends déglutir.) Où allons-nous ?

— Je ne sais pas encore, avoue-je. Mais on trouvera un endroit.

Il y a des bunkers d'urgence cachés partout dans cette région du monde, la plupart construits par les humains pendant l'Ère Infectée. La majorité d'entre eux sont alimentés à l'énergie solaire, une technologie facile à reconfigurer, même si elle est un peu rouillée.

Je vais chercher les provisions qu'il nous faut – y compris des affaires pour Ashlyn – et je la couvre chaudement. Puis je la mène à une bâche que j'arrache pour révéler notre moyen de transport. Le plein est fait et elle est prête à partir.

— Tu as des cabanes de secours comme celle-ci reliées à tous tes repaires ? interroge-t-elle, impressionnée.

— Oui. (La survie est l'un des talents que j'ai maîtrisés au cours de ma vie.) On n'est jamais trop prudent dans ce monde.

— Toujours se préparer à d'autres voies, dit-elle. Je commence à comprendre pourquoi nous sommes liés par le destin.

— Tu commences seulement ? (Je l'attrape par la nuque et l'attire à moi.) Tu ne l'as pas toujours *su* ?

— Tout ne peut pas être révélé dans les visions, murmure-t-elle, sa tête inclinée vers la mienne.

— Hmm, marmonné-je. (Je me penche pour l'embrasser doucement.) Nous verrons ce que nous pourrons *révéler* d'autre après avoir rejoint une nouvelle tanière.

Je mordille sa lèvre inférieure, puis la soulève et l'installe sur la motoneige.

Je prends un casque à visière, le lui mets sur la tête et m'assure qu'elle est bien protégée. Après quoi je l'aide à enfiler son sac à dos et fourre quelques objets – surtout des armes et munitions provenant de mes kits d'urgence – dans les différents rangements du véhicule. J'enfile une veste en cuir doublée de fourrure et à l'aide d'un élastique, j'attache mes cheveux en un chignon sur ma nuque. La dernière chose que je prends est une paire de gants, dont le tissu imperméable enveloppe facilement mes doigts, et je vérifie que tout est bien en place.

— C'est bon. (Je me glisse sur la selle devant elle et j'attrape mon propre casque.) Enlace-moi, Ash, et ne me lâche pas. Le trajet va être dangereux.

10

ASHLYN

TERRES NOMADES, CANADA

CELA FAIT des heures que nous filons, le soleil est couché depuis longtemps.

Comme on est dans cette période de l'année où les jours sont plus courts que les nuits, il est difficile de savoir depuis combien de temps au juste nous sommes sur cette motoneige. Mais c'est clair que Grey a voulu établir une longue distance entre sa grotte et nous.

Les hurlements qui déchiraient l'air quand nous sommes partis m'ont fait deviner pourquoi. Il devait y avoir au moins une douzaine de loups, voire plus, qui tentaient de nous retrouver.

Ce qui n'aurait pas dû arriver avant deux nuits, d'après mes calculs. Mais mes visions se sont révélées inexactes en ce qui concerne Grey. Et il a prononcé les mots notoires qui étaient censés déclencher mon futur enfer.

Du coup je me sens un peu perdue maintenant. Confuse. Euphorique. Et effrayée.

Car je n'ai aucune idée d'où cette voie-là nous mène.

Toutes mes visions me montrent en chaleur dans cette grotte, en train d'être déchiquetée pendant que Grey sauve sa sœur de la caverne aux bougies.

Or non seulement je n'ai pas mes chaleurs, mais je ne suis plus dans cette grotte. Donc rien n'est ce qu'il paraît, ce qui suggère de nouveau que quelque chose ou quelqu'un a influencé mes visions. *Mais comment ? Qui ? Et pourquoi ?*

Les dragons ont tendance à rester entre eux, tout comme les loups. Mais nos dynamiques sont très différentes. Les loups sont des créatures de meute, qui choisissent une hiérarchie basée sur la force. Ou, dans le cas des loups du V-Clan, basée sur les capacités mentales. Quant aux dragons… ils structurent leur autorité en fonction des lignées. Ils sont puristes par nature. Le sang est source de pouvoir, et ils forment leurs alliances en conséquence.

Alors pourquoi manipuler mon esprit ? me demandé-je alors que la motoneige commence enfin à ralentir. *Quel est le but final ?* Pour la première fois dans toute mon existence, je ne le vois pas. Je ne vois rien du tout. Et cela me terrifie.

— Tu reconnais cet endroit ? demande Grey en coupant le moteur.

— Non, lui réponds-je. Pas du tout.

— Est-ce une bonne ou une mauvaise chose ?

— Je ne sais pas, avoue-je. Je… Ça ne m'est jamais arrivé jusqu'à présent.

Il pose sa main sur mon bras – que je sens à peine, car je suis pratiquement un glaçon à présent – et le serre légèrement.

— On va résoudre ça ensemble, Ash.

— D'accord.

Je dois serrer les dents pour les empêcher de claquer. C'est comme si, maintenant que nous nous sommes arrêtés, le froid me rattrape. Je me suis forcée à l'ignorer durant tout le trajet, me concentrant plutôt sur mon esprit et m'efforçant de visualiser ce qui allait se passer.

Mais je suis mentalement aveugle. Aucun indice. Aucun chemin. Juste le présent – qui s'avère être une clairière dans des bois avec une sorte de cabane au loin.

— Je vais aller voir ce qu'il y a là-dedans, m'annonce-t-il en me serrant de nouveau le bras. Je veux que tu restes ici et que tu gardes les mains sur ce guidon, et que tu te sauves si tu entends arriver quelque chose ou quelqu'un qui n'est pas moi.

J'essaie d'acquiescer, mais mon corps est un peu trop raide. Je ne suis pas sûre d'être capable de piloter, même si je le voulais.

— D'a-d'accord, parviens-je à articuler entre mes dents.

Il me lance un coup d'œil, ce que je remarque uniquement parce qu'il a bougé la tête. Nous ne pouvons guère nous voir à travers nos visières, la couche extérieure miroitante reflétant plutôt la lune au-dessus de nos têtes et la neige environnante.

Grey écarte mes bras de son torse, descend de la motoneige et enlève son casque. Le mien disparaît à son tour, nous permettant de croiser nos regards. Ses yeux me font penser à un trou noir dans la glace, ses pupilles sont si dilatées qu'il n'y a plus qu'un mince bord glacé autour.

Sans un mot, il me prend mon sac à dos – que je ne sens plus depuis des heures – puis me soulève dans ses bras et me porte vers la cabane.

— Je n'entends aucun battement de cœur et je ne sens aucune odeur, dit-il à mi-voix. L'endroit est donc désert. Et ces panneaux sur le toit m'indiquent qu'il fonctionne à l'énergie solaire.

Je déglutis, mes dents claquent maintenant librement car je n'arrive plus à serrer les mâchoires.

— On va s'en contenter et passer la nuit ici, poursuit-il. Et nous repartirons demain matin.

Je voudrais lui demander quelle distance sa motoneige peut parcourir avec son réservoir, mais je n'en ai pas la force. Donc j'incline juste un peu le menton pour lui signaler que j'ai compris. Puis je pose ma tête sur son épaule et ferme les yeux, submergée par l'épuisement.

C'est peut-être le froid. Ou bien le manque de lumière. Ou peut-être est-ce… simplement la vie. Quoi qu'il en soit, je suis soudainement trop fatiguée pour faire autre chose que respirer. Exister. Et me blottir contre sa chaleur.

Je ne sais pas quand je commence à me réchauffer, ni quand le monde commence à se réchauffer, mais j'ai l'impression de passer d'un glaçon à une flamme en quelques minutes.

Sauf que lorsque j'ouvre les yeux, je me retrouve nue dans un cocon de couvertures.

Avec un homme nu qui me tient dans ses bras.

Mes yeux s'écarquillent, les fenêtres devant moi dévoilant un paysage hivernal féérique éclairé par les rayons du soleil.

Quoi… ? Est-ce que je rêve ? Est-ce une… une vision ?

Non, c'est trop beau pour être une image de l'avenir. C'est donc plutôt un rêve. Voire un fantasme.

Car je sens un *nœud* contre mes fesses. Il est chaud. Il est dur. Et il fait partie d'un membre encore plus dur.

Grey, pensé-je confusément, un gémissement au bord des lèvres. *Un Grey très nu me tient dans ses bras, moi aussi très nue.*

Un frisson me parcourt malgré la chaleur qui m'envahit de l'intérieur.

C'est le plus beau rêve de ma vie. Je ne veux plus

jamais me réveiller. Je veux simplement vivre ce moment pour toujours. Mais le mur derrière moi commence à bouger, et un ronronnement ronflant fait vibrer mon dos. Je soupire, décidant que c'est mon paradis personnel.

— S'il te plaît, n'arrête pas, murmuré-je.

— Pourquoi j'arrêterais ? chuchote Grey à mon oreille, bien réveillé.

Enfin, réveillé dans mon rêve, en tout cas. Ce que j'avais déjà supposé, étant donné son érection contre mon cul. Sans compter le ronronnement. Je ne crois pas que les Alphas ronronnent pendant leur sommeil. Ou peut-être que si ?

Quoi qu'il en soit, il est très conscient dans mon rêve en ce moment, donc je peux me laisser aller.

— Tu veux m'embrasser ? demandé-je à mon Alpha, curieuse de voir où tout ça va nous mener.

Il presse ses lèvres sur mon épaule, puis dans mon cou.

— Comme ça ?

— Oui, murmuré-je en me cambrant contre lui. Mais plus que ça. (Je me tourne vers lui, pose ma main sur sa joue.) Embrasse-moi comme si j'étais à toi.

— Tu es à moi, petite énigme, murmure-t-il. Mon Oméga prédestinée.

Sa bouche effleure la mienne, doucement au début. Tendrement. Puis sa langue sépare mes lèvres, et la passion s'enflamme entre nous.

Je lui agrippe les épaules, j'aime leur force et leur chaleur sous mes mains. Presque comme s'il était *réel*. Il me fait rouler sur le dos, et son bas-ventre se loge entre mes cuisses pendant qu'il me domine avec sa langue.

C'est intense. C'est chaud. C'est mieux que tout ce que j'aurais pu imaginer. Surtout avec son poids sur moi. Sa peau nue contre la mienne. Son sexe dur contre mon clitoris.

Je me presse contre lui, me fichant complètement qu'il ressente mon excitation. Ce n'est pas comme s'il cachait la sienne. Et après tout, c'est mon fantasme. Alors autant faire ce que je veux. Profiter de l'étreinte. *Vivre notre accouplement…*

J'enfonce mes ongles dans ses muscles, ce qui me vaut un grognement de la part de l'Alpha. Un grognement mêlé à un ronronnement. Ce son délicieux me fait gémir du fond du cœur.

J'en veux tellement plus. Son nœud en moi. Son membre épais qui me pénètre. *Ses dents dans ma peau…*

— J'aimerais que tu puisses vraiment me revendiquer, haletai-je contre sa bouche. Fais-moi tienne de toutes les manières possibles… pour de vrai.

Je me penche pour l'embrasser davantage, mais il se recule pour me dévisager.

— Pourquoi je ne pourrais pas te revendiquer ? demande-t-il, sourcils froncés, tandis qu'un peu de son désir s'efface de son visage.

— Parce que c'est un rêve, lui dis-je avec un petit rire. Mais si tu veux me mordre, je ne dirai pas non. En fait, je crois que j'aimerais beaucoup. (Je penche la tête de côté.) Ce serait bien de savoir ce que ça fait. Un souvenir à emporter avec moi dans la tombe.

Il se fige.

— Qu'est-ce que ça veut dire ?

C'est à mon tour de froncer les sourcils.

— Qu'est-ce que veut dire quoi ?

— Un souvenir à emporter dans la tombe.

Je soupire.

— On peut revenir aux baisers et à la revendication ? J'ai l'impression de perdre mon temps, surtout que je pourrais me réveiller à tout moment.

Il plante ses coudes de chaque côté de ma tête.

— Ashlyn.

— Grey, lui réponds-je timidement, en battant des paupières. Mords-moi.

— Non.

— Comment ça, *non ?* C'est *mon* rêve.

— Ash…

— Si tu ne veux pas me mordre, alors noue-moi. C'est le moins que tu puisses faire après tout ce que je compte endurer pour toi.

Il me fixe bouche bée.

— Et qu'est-ce que tu comptes *endurer* pour moi ?

Je lui retourne son regard, les lèvres tordues en une moue prononcée. Je trouve sa question déplacée, car ce n'est pas quelque chose que je me demanderais dans un rêve.

En fait, je ne ferais *rien* de tout ça dans un fantasme. Juste embrasser et m'accoupler.

Mais la façon dont cet Alpha m'étudie… ne me paraît pas du tout fantasmatique. Ça semble réel. *Trop* réel.

— Ce n'est pas un rêve, murmuré-je, prenant conscience de la vérité à mesure que je l'exprime à voix haute.

— Non. Ce n'est vraiment *pas* un rêve. Alors parle.

Je secoue la tête.

— Je ne peux pas.

— Si, tu peux.

— Non, Grey. Je *ne peux pas.*

— On a déjà changé l'avenir. Tu m'as dit que tu ne voyais rien d'autre. Alors pourquoi pas me dire ce que tu pensais qu'il allait se passer et me laisser t'aider à passer à autre chose ? dit-il d'un ton qui reflète toute son autorité d'Alpha.

— Ça pourrait encore arriver.

Je frissonne à cette pensée, mais j'observe à nouveau les alentours, interloquée.

Rien de tout cela ne m'est familier. Rien de tout cela n'a l'air *prédestiné*.

— J'ai dormi combien de temps ? lui demandé-je, une autre pensée me venant à l'esprit. Combien de jours se sont écoulés depuis la visite de Cael ?

Parce que peut-être… peut-être que tout va encore se produire, mais dans un nouvel endroit. Ça pourrait être cela le changement. Une voie alternative.

Mais comment vais-je me protéger dans cette cabane ouverte avec des fenêtres en verre qui donnent sur une clairière dans la forêt ? À moins qu'il y ait une cave ou un bunker souterrain…

— Pourquoi ? demande Grey.

— Pourquoi ? répété-je, ne suivant pas. Pourquoi quoi ?

— Pourquoi tu as besoin de savoir combien de jours se sont écoulés ?

Oh. Je fronce le nez, puis serre les dents en lui lançant un regard noir.

— Parce que c'est important.

Il plisse les yeux.

— Dis-moi pourquoi.

— Dis-moi combien de temps, insisté-je, le cœur battant la chamade alors que je réalise qu'aujourd'hui pourrait être le jour où tout va changer.

Je regarde à nouveau dehors, j'ai besoin de voir le soleil. C'est peut-être la dernière fois que je le vois. Car une fois la nuit tombée…

— S'il te plaît, dis-moi combien de temps, murmuré-je, incapable de cacher le tremblement dans ma voix alors que les visions commencent à envahir mon esprit.

L'horreur. Le sang. *Les grondements…*

— Grey, j'ai besoin de savoir… J'ai besoin de savoir combien de temps s'est écoulé. *S'il te plaît.*

Je ne peux empêcher les larmes de me monter aux yeux ; la terreur me saisit à la gorge et me coupe le souffle. *Si c'est cette nuit…*

— Huit jours. (Ses mots interrompent mes pensées, mais sa réponse n'a aucun sens.) Nous avons voyagé toute la nuit après avoir quitté la tanière, presque jusqu'au matin. Puis tu as dormi pendant deux jours. Cael nous a rendu visite lors de notre première nuit dans la grotte, donc ça fait huit jours.

Je cligne des yeux. Puis je recligne des yeux.

— C'est…

Ça n'a aucun sens. Car c'est la septième nuit que tout se passe.

— Tu es sûr ? demandai-je, la voix étouffée par le manque d'air.

— Absolument, répond-il avant de lever le bras pour me montrer sa montre.

Qui affiche une date. À vrai dire, cette date ne signifie rien pour moi, étant donné que je ne prête guère attention aux calendriers. Je me fie à mes visions et aux heureux événements pour guider ma conception du temps.

Mais je ne peux rien *voir*. Plus rien du tout.

Huit jours. C'est impossible.

Quoique peut-être pas. Car nous sommes désormais sur une voie inconnue. Je ne sais pas quoi penser de tout ça. Je ne sais plus comment *voir*.

— Ashlyn…

Que vais-je faire ? Que va-t-il se passer ensuite ? Et si…

— *Ashlyn*, grogne Grey, son loup saisissant le mien dans un étau qui m'oblige à le regarder. Tu es en sécurité. Je suis là. Et nous allons résoudre ça ensemble.

Mes yeux se remplissent de larmes, ma vision devient floue.

— La première chose que tu vas faire, Oméga, c'est respirer, m'intime-t-il d'un ton empreint de domination.

Une domination que je ne peux ignorer.

Une domination qui me force à *obéir*.

Mes poumons me brûlent quand j'inspire, la douleur fuse dans mes nerfs et me fait trembler.

— C'est bien, ma fille, me félicite-t-il. Continue à respirer.

Je m'exécute. Et cette souffrance commence à s'atténuer.

— Maintenant, reprend-il d'une voix ronronnante, nous allons nous lever et prendre une douche ensemble, car le générateur fonctionne et on a de l'eau chaude.

D'accord, pensé-je, incapable de parler.

— Après, on va manger, poursuit-il. Et ensuite, nous allons discuter de tout ça.

Tout cela semble… planifié. Trop planifié.

Je ne veux pas vraiment que tout soit *planifié*. Je veux vivre dans l'instant présent, car je ne sais pas si c'est le dernier. Je ne sais pas ce qui va se passer ensuite. Je ne sais même pas si nous allons survivre. Je trouve insensé de gaspiller nos derniers instants à prendre une douche, à manger et à discuter, alors qu'il y a tant de choses que nous n'avons pas encore vécues ensemble.

Donc je me surprends à secouer la tête.

— Non ? s'étonne-t-il.

— Non, répété-je, ou plutôt articulé-je, car ma gorge est irritée.

Car je me fiche de tout ça. Ce qui m'importe, c'est ceci. C'est lui. C'est *nous*.

Je soulève ma tête de l'oreiller et presse mes lèvres contre les siennes, tout en soutenant son regard. C'est un défi. Un défi de m'arrêter. Un plaidoyer pour qu'il *me prenne.*

Sa paume enserre ma gorge, son pouce effleure mon pouls tandis qu'il me repousse doucement. Je m'apprête à protester, à le *supplier* de me donner ce dont j'ai besoin. Mais il m'embrasse à nouveau, cette fois avec domination. Puissance. *Précision.* Sa langue maîtrise la mienne dans une danse habile qui me fait serrer les cuisses autour de ses hanches. C'est un baiser plein d'intention. Un baiser de compréhension. Un baiser qui m'ancre dans le présent et me force à ignorer l'avenir.

Oui, pensé-je. *Oui, c'est ce qu'il me faut pour survivre à l'enfer qui nous attend demain.*

J'enroule mes bras autour de son cou et me cramponne à lui, désirant sa force.

Nos yeux ne sont plus ouverts. Ou, du moins, les miens sont clos. Peu importe. Tout ce qui compte, c'est son toucher. La façon dont il continue à me serrer la gorge est une déclaration tacite de pouvoir.

Je suis à lui. Ma vie est littéralement entre ses mains. Je lui fais totalement confiance, mon âme lui appartenant depuis très longtemps.

Mais il n'a jamais vraiment été à moi. Jusqu'à présent. Jusqu'à *cet* instant précis.

Ce n'est peut-être qu'éphémère. Cependant, je vais m'assurer que cela suffise à satisfaire mon cœur et mon esprit, quel que soit le cauchemar qui m'attend.

— Ashlyn, murmure-t-il contre ma bouche, empoignant ma hanche de l'autre main.

C'est seulement alors que je réalise que je me frotte contre lui, baignant sa queue de ma moiteur tout en cherchant à satisfaire ma vulve.

C'est si naturel. Si *intrinsèque.* Pourtant, je ne suis pas en chaleur. Pas tout à fait, en tout cas. Ce qui est également étrange, car je devrais l'être.

Mais je ne veux pas réfléchir à ce que tout cela signifie ni à la raison pour laquelle mon œstrus n'est pas encore arrivé. Je ne veux vraiment pas y penser.

— S'il te plaît, n'arrête pas, dis-je, répétant les mots que je croyais avoir murmurés dans un rêve, sauf que c'était réel – *c'est* réel. S'il te plaît, donne-moi ça, Grey. Un moment où nous pouvons être *nous*. C'est… c'est tout ce que j'ai toujours désiré. Pour moi-même.

Les larmes reviennent, et je déteste cet étalage de faiblesse.

Cependant, s'il connaissait les horreurs qui hantent mon esprit, il comprendrait. Il n'hésiterait même pas.

— Si je te noue, je te revendiquerai.

— Alors revendique-moi. Fais-moi tienne, comme le destin l'a prévu.

Il secoue la tête, mais ce n'est pas un refus. Je peux voir l'émerveillement dans son regard. Ainsi que son loup.

Il est sur le point de perdre le contrôle.

C'est exactement ce que je veux ressentir. Ce dont j'ai besoin de faire l'expérience.

— Mords-moi, *Alpha*, lui dis-je – dis-je à sa bête. (Puis je me focalise sur son côté humain et précise :) Revendique-moi avec ton nœud.

11

GREY

CETTE FEMELLE VA CAUSER ma perte.

La partie logique de moi sait que nous devrions discuter, mais la partie animale en moi refuse de se rendre à la raison. Ma bête est déchaînée. Car notre femelle vient de me demander de la mordre. De la nouer. *De la revendiquer.*

C'est notre destinée, ce que mon âme sait aussi bien que mon esprit. Or il reste tant de choses non dites entre nous. Tant d'énigmes.

Alors qu'elle était perdue dans ce qu'elle croyait être un rêve, elle m'a avoué qu'elle avait l'intention d'endurer quelque chose pour moi. *Endurer quoi ?* Je veux le lui demander de nouveau, la forcer à me dire la vérité. À me confier le destin qu'elle a visualisé dans son esprit. Car quel que soit ce destin… il la perturbe profondément. Je l'ai vu dans ses yeux, entendu dans sa voix. Je veux qu'elle m'explique, qu'elle me révèle ce que j'ignore.

Mais elle me demande de faire ça pour elle d'abord : lui donner mon nœud. Lui offrir un moment à nous, selon ses propres termes. Suivis de : « C'est tout ce que j'ai toujours désiré. Pour moi-même. »

Je trouve égoïste d'exiger qu'elle satisfasse d'abord ma curiosité. Mon Oméga souhaite que je fasse passer ses besoins avant les miens. Ce qui, ironiquement, correspond aussi aux désirs actuels de ma bête.

La revendiquer ne sera pas une épreuve. Bien au contraire. Ce sera fantastique. L'expérience la plus incroyable de ma vie. Il me paraît presque incorrect que j'en tire autant de plaisir, sinon plus, que ma promise. Mais c'est ce qu'elle veut. C'est donc ce que je vais lui donner.

Je ne le lui dis pas avec des mots. Je l'embrasse simplement. Mais ce n'est pas un baiser ordinaire. C'est un serment. Un serment que je n'ai jamais fait à personne d'autre. Parce qu'elle est la première que j'ai jamais embrassée. Ce n'est pas seulement mon nœud que j'ai gardé pour ma future compagne, c'est aussi la complicité.

Les orgasmes ont toujours été pour moi un exercice clinique. Un moyen de m'évader dans une félicité temporaire et de juguler les pulsions sauvages de ma bête. Mais le vrai plaisir vient de l'âme. Du lien qui se forme entre un Alpha et son Oméga prédestinée. Je l'ai toujours su. J'ai donc choisi de ne pas gaspiller mes précieux moments dans des aventures passagères et j'ai gardé la partie la plus pure de moi-même pour ma véritable moitié.

Pour Ashlyn.

— Je vais essayer d'être doux, lui dis-je contre sa bouche. (Car elle doit savoir que je veux la respecter. Lui donner du plaisir. Faire en sorte que ce soit une expérience réjouissante, pas terrifiante.) Ma bête ne voudra peut-être pas coopérer, mais je ferai de mon mieux pour la dompter.

— Je suis capable de gérer ton agressivité, Alpha, répond Ashlyn. Ne me rabaisse pas en te retenant.

Putain. Ses mots font rugir d'approbation mon animal

intérieur, provoquant une pulsation douloureuse de mon nœud en réaction.

Elle va me mettre en rut.

Un état de *besoin* violent. Un désir incontrôlable de *baiser*. Et pas seulement une fois, mais encore et encore, jusqu'à ce que mon loup soit satisfait qu'elle soit à nous. Il veut que je prenne chaque partie d'elle : sa bouche, sa chatte et son cul. Que je la marque avec mes dents. Que je la force à garder mon nœud dans sa douce chatte pendant *des jours,* que je la nourrisse de ma semence et l'oblige à vivre uniquement de mon essence.

C'est une danse dangereuse.

Pourtant, son regard intrépide me dit qu'elle n'a pas peur de ça.

— Noue-moi, Alpha, exige-t-elle.

Difficile de croire, à sa voix sensuelle, que cette femme est pratiquement vierge. Qu'elle n'a jamais pris un autre homme dans son lit. Toutefois je peux voir l'innocence dans son regard, l'entendre dans son halètement quand je glisse ma main entre nous pour caresser sa chaleur humide.

Elle n'a jamais été touchée là. Cela se voit clairement à la façon dont ses narines s'évasent et ses pupilles se dilatent en un mélange de peur et d'intérêt.

— Je vais au moins te préparer, lui dis-je.

Ashlyn sourcille, son expression est adorable.

— Me préparer ?

Je souris et dépose un baiser sur ses lèvres.

— Ma douce Oméga… (Je lui mordille la mâchoire, puis descends ma bouche vers son cou et grignote son pouls emballé.) J'ai beaucoup à t'apprendre.

Car elle n'est pas la seule à avoir rêvé de son compagnon prédestiné. Mon esprit n'a peut-être pas formé d'images claires, mais je fantasme depuis très longtemps sur le fait de prendre une Oméga. Comment je séduirais ma promise. Les façons dont je lui ferais crier mon nom.

— Je vais te faire découvrir une toute nouvelle manière d'exister, lui promets-je en traçant un chemin de baisers jusqu'à ses seins. Quand j'en aurai fini avec toi, tu ne verras plus que des étoiles.

Elle s'apprête à dire quelque chose, mais s'interrompt dans un souffle lorsque je prends son téton entre mes dents. Ses jolis yeux croisent les miens, l'espérance brillant dans leurs profondeurs bleues.

Mais je ne perce pas sa peau. À la place, je roule le petit bouton de rose sous ma langue. Ses cils battent et sa tête retombe en arrière dans un gémissement. Je souris et recommence, puis je suce sa pointe dans ma bouche tout en empaumant son autre sein.

— Oh, Oracle, souffle-t-elle.

— Juste Grey. (Je tripote son téton humide entre mes doigts et déplace ma bouche sur l'autre sein.) *Alpha*, ça ira aussi.

Puisqu'elle a dit qu'elle ne craignait pas mon loup intérieur. Donc il peut être officiellement libéré. Je vais continuer à le maîtriser autant que possible, mais si Ashlyn veut vraiment découvrir ma virilité, c'est ce que je vais lui offrir.

Une fois que j'aurai fini de la préparer, me dis-je, glissant mon doigt entre ses lèvres humides pour trouver son entrée étroite. Rien que la sentir se contracter autour de mon intrusion me confirme que c'est la bonne chose à faire.

Car ma queue ne va pas la pénétrer dans cet état.

J'émets un petit grondement, désirant plus de mouille, et mon Oméga gémit en réponse et se tortille tandis que son excitation inonde ma main.

— Quelle bonne fille, grogné-je, ce qui la pousse à

serrer mon doigt et à libérer davantage de cette douce essence. Putain, j'ai envie de te goûter.

Car l'odeur séduisante de sa chatte m'enveloppe désormais. Elle me rappelle le printemps après un long hiver rigoureux. Le parfum des fleurs qui s'épanouissent sous la pluie. Une sorte d'appel qui met mon loup intérieur au défi de sortir de son hibernation et de s'amuser.

Cette fois mon grognement est dû à mon désir croissant, ce qui la fait gémir en réaction. Les Omégas sont esclaves des désirs de leurs Alphas, ce qui rend les répercussions déterminées, voire parfois cruelles.

Mais elle n'est pas en détresse. Elle est excitée. *Et foutrement mouillée.*

J'embrasse son ventre plat jusqu'à sa touffe bien taillée, puis je descends vers le paradis qui m'attend entre ses cuisses.

— Je vais lécher chaque goutte, l'avertis-je. Puis je te ferai jouir si fort sur ma langue que tu gicleras toute la mouille que tu possèdes.

Ses lèvres s'entrouvrent comme si elle allait dire quelque chose, mais tout ce qui sort est un cri quand je scelle mes lèvres sur son clitoris et que je le *suce.*

Des mots inintelligibles s'échappent de sa bouche haletante, et cette vision est fascinante dans son innocence. C'est comme si elle n'avait jamais envisagé ce genre de plaisir auparavant.

Et j'adore ça. J'adore être son premier. J'adore qu'elle n'ait jamais connu d'autre homme entre ses jambes. Seulement moi. *Moi pour toujours…*

Je lâche un autre grondement contre son bourgeon sensible tandis que j'enfonce un deuxième doigt en elle, et je souris en la voyant s'effondrer sous moi.

À la façon dont l'orgasme la submerge, je devine qu'il

n'était pas complètement monté, qu'il a juste explosé sans prévenir.

Je ronronne d'approbation, la faisant frissonner tandis que son corps est la proie de désirs contradictoires. Elle est toujours en train de jouir, mais elle se détend aussi.

Pas pour longtemps...

Je la lèche à fond, me délectant de son goût, et ses jambes tremblent sous l'assaut de l'euphorie qui envahit encore ses veines.

— Tu me rappelles une pluie douce, murmuré-je en la dévorant avec ma bouche. Mon loup *adore* la pluie.

Maintenant je sais pourquoi : c'est à cause d'elle. Sa chatte. Sa mouille. *Son plaisir.*

J'ai été préparé pour elle toute ma putain de vie. Tout comme elle l'a été pour moi. Et je vais faire en sorte que cette union de nos âmes dure pour toujours.

Je passe ma langue sur ses replis, du vagin au clitoris, la lapant comme un affamé. Je n'ai jamais goûté à une telle extase. C'est décadent. Parfait. *Addictif.* Elle est mon nouveau plat préféré. Je me régalerai entre ses cuisses pour l'éternité si elle me le permet.

— *Grey*, gémit-elle, plantant ses doigts dans mes cheveux pour tenter de m'éloigner de son centre palpitant. Je...

— Encore, grondé-je, m'assurant que mon grondement résonne sur sa chatte.

Elle hurle en réaction, resserrant son canal trempé autour de mes doigts. Je les retire et laisse la mouille s'écouler d'elle, puis j'en reglisse trois en elle et les recourbe vers son point G.

— *Alpha !* glapit-elle, n'ayant manifestement jamais connu ça.

Puis elle atteint un nouvel orgasme qui la rend pantelante.

Je la lèche comme je l'avais promis, puis je passe mes dents sur son clitoris gonflé. La façon dont elle se tortille m'indique que c'est sensible, ce que j'adore. Parce que c'est moi qui lui ai fait ça. Et ce n'est que le début.

Elle agrippe mes cheveux avec force lorsque je referme mes lèvres sur son bouton, mais j'ignore sa traction et la titille plutôt avec ma langue.

— Oh, *Grey*, je ne pense pas... Je ne sais pas... *Oh Moires...*

Je pose une main sur son ventre pour la maintenir alors qu'elle essaie de ramper hors du lit, mon autre main continuant à s'affairer entre ses cuisses tandis que je suce vigoureusement son petit bouton malmené.

Elle pleure maintenant. Me supplie d'arrêter. Exige que je continue. Et réclame mon nœud.

C'est magnifique. C'est chaotique. *C'est un fantasme qui prend vie...*

Quand elle s'effondre une troisième fois, j'ôte enfin son doux clitoris de ma bouche et rampe sur elle pour observer les émotions qui se reflètent sur ses traits.

Elle jouit encore. Elle se tortille encore. Elle pleure encore.

J'ai soudain envie de lécher ses larmes, de l'absorber complètement.

Et c'est ce que je fais. Je trace un chemin le long de ses joues, puis je m'arrête sur sa bouche et lui fais goûter son propre goût sur ma langue.

Elle s'agrippe à moi comme si elle était affamée, et plante ses ongles dans mes épaules pendant que je m'allonge entre ses cuisses écartées.

— *Oh*, gémit-elle quand ma queue touche son clitoris endolori, dont la chair chaude palpite contre ma hampe.

Je le frotte avec, lui tirant un cri de protestation, mais je l'ignore et continue à imbiber ma queue de sa mouille.

— Tu vas devoir apprendre à en avoir plus, lui dis-je. Parce que je vais passer des jours à te faire jouir avec ma langue sur ta chatte.

— Je ne… Grey, je ne…

— Tu le peux et tu le feras, lui promets-je.

Je l'embrasse avec une tendresse que je ne ressens pas, car tout ce que je veux, c'est la défoncer. Mais pour elle, je tempère mon envie afin de lui laisser le temps de se remettre de mon assaut sensuel.

— Nous allons passer des jours ensemble dans ton nid, où nous allons vivre du plaisir l'un de l'autre.

Je la nourrirai de ma queue et de ma semence, et elle me nourrira de sa douce chatte.

Elle resserre ses jambes autour de moi.

— Je ne sais pas si je peux, halète-t-elle, ses yeux bleus brûlants plantés dans les miens. Tu as… tu m'as juste…

— Dévorée ? suggéré-je. Fait découvrir ce que ma bouche peut faire ? Traité ta chatte comme mon dessert personnel ?

Elle frissonne.

— Ça… Je ne savais pas…

Elle déglutit, puis tremble encore alors que je bouge contre ses replis moites.

Quand mon gland touche son clitoris, elle sursaute, ce qui me fait glousser.

— Tu vas t'habituer à jouir pour moi, Oméga, lui dis-je. Parce que maintenant que j'ai commencé, je n'ai pas l'intention d'arrêter. (Je passe de nouveau ma main entre nous, cette fois pour saisir ma bite et la refaire glisser dans sa chaleur.) Je vais te nouer maintenant, Ashlyn.

Ses yeux s'écarquillent, ses lèvres s'entrouvrent comme si elle allait protester. Mais cette protestation s'éteint lorsque j'introduis mon gland dans son entrée.

Elle enfonce à nouveau ses ongles dans ma peau. Ses

pupilles sont tellement dilatées que je distingue à peine le bleu de ses iris. Sa louve me met au défi de la *prendre*.

Je laisse son animal voir ma bête intérieure. Et je jure avoir entendu un petit gémissement provenant de mon Oméga. Pas un gémissement de soumission, mais de *désir*.

Ashlyn m'a clairement fait comprendre qu'elle rêvait de notre destin depuis très longtemps. Elle m'a dit que non seulement elle m'attendait, mais qu'elle était prête pour moi. Et j'en vois la preuve dans son regard à présent.

— Je suis désolé qu'il nous ait fallu autant de temps pour nous trouver, dis-je.

Puis je pousse mes hanches contre les siennes et pénètre son vagin étroit d'un seul élan.

12

ASHLYN

MOIRES, je suis en feu…

Grey vient de me déchirer en deux. Il… il a enfoncé ce monstre entre ses jambes en moi… et… *Oh mon Oracle…*

Mon dos se cambre, mon corps lutte contre l'intrusion intense de la *bite* d'un Alpha.

Je suis presque sûre d'avoir hurlé. Et maintenant, je pleure.

Mais il ne bouge pas. Il me serre contre lui, et son ronronnement m'ancre d'une manière qui contraste avec la souffrance qui déchire ma matrice.

Je croyais pouvoir le supporter. Je lui ai dit de libérer sa bête. Mais je… je ne m'attendais pas à ce que… à ce que…

Ses lèvres caressent les miennes, et ce contact me distraie un moment de la douleur. Quand sa langue pénètre dans ma bouche, je le laisse mener la danse et me soumets simplement à son baiser tandis qu'il continue à ronronner.

C'est alors que je réalise que ses mains se promènent

doucement sur mes flancs, me procurant un autre type de réconfort, plus tendre. C'est tellement en décalage avec sa taille, avec les sensations qui s'épanchent en moi.

Mais je me sens soudain chérie. Respectée. Adorée. J'ai l'impression d'être *sienne*.

C'est un moment de clarté incroyable, une prise de conscience qui me ramène à l'instant présent et me fait oublier tout le reste. Tout ce qui compte, c'est ça. Ses caresses. Sa bouche. *Son nœud…*

Moires, cet homme détruit toutes mes attentes. Il réécrit tous mes fantasmes. Il m'initie à une nouvelle existence. À un désir que je n'aurais jamais cru possible.

Tout ce que je veux, c'est plus.

Tout ce que je désire, c'est lui.

Tout ce dont j'ai besoin, c'est qu'il *bouge*.

Il rit, et je réalise que j'ai prononcé ce dernier mot à voix haute. Comme un ordre.

Avant que je puisse dire autre chose, il écarte ses hanches des miennes et me pénètre à nouveau brutalement.

— Tu aimes ça, Oméga ? s'enquiert-il.

J'essaie de répondre, vraiment, mais je suis trop occupée à reprendre mon souffle. Parce que *waouh*. C'est *tellement* mieux qu'un jouet.

Quand il recommence, je vois les étoiles dont il parlait.

Et puis je perds pied avec la réalité. Parce qu'il m'embrasse. Il me touche. Il me *baise*.

C'est incroyable. C'est terrifiant. C'est *exaltant*.

Je suis presque sûre qu'il va me briser, et je crois que je m'en fiche. Je m'agrippe juste à ses épaules pendant qu'il me détruit à coups de reins.

Si brutal. Si intense. *Si dominant*.

Je me sens possédée. Revendiquée. *Complètement*

consumée. Mais en sécurité en même temps. Car je sais qu'il ne me fera pas vraiment mal. Peut-être un peu avec ses dents ou sa force incroyable, mais ce ne sera jamais intentionnel.

C'est mon compagnon. Enfin, pas tout à fait. Encore prédestiné.

Mais, ô mon Oracle, je ne peux plus respirer…

Tout mon corps est en surchauffe à cause de ses mouvements, et je me suis perdue dans son baiser. Sa langue. Son *goût*. Ou le mien, peut-être. L'excitation. Tout ce feu.

Moires…

J'enroule mes jambes autour de lui et je les serre, me cramponne tandis qu'il me fore sur le matelas. Sa bête me fixe maintenant, ayant pris le contrôle total, et tout ce que je peux faire, c'est accepter sa revendication imminente.

Ma louve gronde en moi, un grondement féroce, mais c'est une réponse à l'Alpha qui nous regarde à travers les yeux de Grey. Elle veut *s'accoupler*. Elle le défie de la revendiquer. Et la façon dont il nous regarde montre qu'il accepte pleinement ce défi.

Je n'ai jamais vu ce moment, je n'ai jamais connu l'euphorie d'une morsure d'accouplement. Même dans mes rêves les plus fous, je n'aurais jamais imaginé que cela puisse arriver. Des baisers aux orgasmes en passant par le nouage… Je n'avais rien prévu de tout cela. Et j'en suis heureuse. Heureuse de pouvoir vivre cela pour la première fois *avec Grey*.

Il empaume ma joue, son front contre le mien, et ralentit son rythme.

— Putain, Ashlyn, souffle-t-il. Je sens mon nœud prêt à exploser, et c'est… c'est foutrement intense.

Je fourre mes doigts dans ses cheveux épais, appréciant leur douce texture.

— J'ai hâte de sentir ton nœud, Alpha.

— Moi aussi, j'ai hâte de le sentir, Oméga, chuchote-t-il.

Il y a quelque chose de brut dans sa voix. Quelque chose qui reste non dit. Je me demande ce que c'est.

Mais l'instant d'après, il me pénètre, et la bête est de retour dans son regard, me fixant avec une faim qui touche mon âme même.

J'essaie de tourner la tête sur le côté pour lui exposer mon cou, mais sa main sur ma joue me maintient en place. Il me fixe comme s'il avait l'intention de me posséder, et me force à être témoin de son désir. De sa revendication imminente. *De son dévouement.*

Tout cela est tellement inattendu, dans le bon sens du terme. Je n'aurais jamais pensé que Grey voudrait ça – qu'il *nous* voudrait.

Parce que je me suis fiée uniquement à mes visions, pensai-je étourdiment. *Elles ne sont rien comparées à cette réalité.*

Une réalité où Grey m'embrasse encore. Ses mains sont sur mes hanches à présent, me maintiennent en place pendant qu'il me pénètre. Puis il glisse une main entre nous, et je me demande pourquoi jusqu'à ce que son pouce caresse mon clitoris.

Je serre mes jambes et d'autres parties de mon corps autour de lui, la sensation est trop forte. Et pourtant, ce n'est pas suffisant. Je suis submergée. Pantelante. Je *crie* tandis qu'il recommence encore et encore.

— *Grey !*

— Tu vas jouir autour de ma queue, grogne-t-il, ses lèvres à mon oreille. C'est là que je te donnerai mon nœud, Oméga.

Tout mon corps est en *feu.*

Je crois que j'en oublie de respirer. De penser. D'*exister.* Car soudain je m'envole. Me perds dans les étoiles. Cligne des yeux dans les ténèbres. Tremble et frissonne sous l'assaut de la passion.

C'est un moment d'euphorie sans pareil. Plus incroyable que tout…

Un glapissement m'échappe quand la sensation *double* sous l'effet d'une pression inattendue dans mon bas-ventre.

Attendez, non… pas inattendue.

Le nœud de Grey. Il arrive. Il rugit. Il *vibre*.

Je tremble sous lui, perdue dans notre union, Consumée par notre plaisir. *Submergée* par…

Une douleur aiguë fulgure dans mon cou : ce sont les dents de Grey qui s'enfoncent dans ma peau et me *revendiquent* comme sienne. Tout comme il l'avait dit. Sauf que c'est bien plus violent que je l'avais visualisé. Car c'est sa bête qui laisse sa marque. Je ne sais pas si Grey a partiellement transformé sa mâchoire ou si ses dents humaines sont aussi acérées, mais sa morsure est puissante. Ça pique.

Mais ensuite… ensuite, ça devient agréable. Chaud. *Bon*.

Sa langue lèche la blessure, et il plonge ses yeux dans les miens tandis que nos corps continuent de se convulser dans les affres de l'extase.

Puis tout se renouvelle lorsque le lien se met en place.

Les Alphas du Z-Clan revendiquent leur Oméga d'une seule morsure. C'est différent des loups du V-Clan qui exigent une réciprocité. Je n'ai donc rien à faire, juste exister et trouver mon âme sœur.

Ce que j'ai fait.

Et maintenant qu'il a terminé, nos esprits se combinent dans un plan d'existence qu'aucun de nous ne pourra jamais vraiment toucher ni voir. Mais nous pouvons le sentir. Sentir nos battements de cœur ne faire plus qu'un. Nous délecter de la danse éternelle entre nos âmes.

Ses lèvres trouvent les miennes, m'embrassent à en perdre le souffle tandis que nos corps se tordent de passion, de plaisir sans fin. C'est presque au point d'en être désagréable, mais pas tout à fait.

Car tout ce que je désire, c'est plus. Plus de caresses. Plus de langue. Plus de *nouages*.

Ce qui est insensé, car son nœud est toujours en moi, collé à ma paroi interne, me forçant à le rejoindre dans ce moment nuptial. Je ne suis pas encore en chaleur, mais je sens que ça vient, comme si cette bête avait réveillé mon œstrus.

Peut-être que c'est le cas. Mais je crois que je m'en fiche. Je veux simplement que ce moment ne s'arrête jamais.

— Je suis d'accord avec ton plan de me donner du plaisir dans le nid, dis-je à Grey.

Il sourit contre mes lèvres.

— Alors tu apprends déjà. (Il m'embrasse doucement.) Tu es incroyable, Ashlyn. Et ça… (Il remue ses hanches contre les miennes.) Je pense que je vais juste… vivre ici. Pour l'éternité.

Je m'esclaffe. Puis je surprends une petite voix dans son esprit qui me donne une idée de la raison. C'est un élément de connaissance qui réchauffe le lien mental qui se forme entre nous. Et qui me fait écarquiller les yeux.

— Tu n'as jamais noué personne avant ?

Ses yeux glacés me fixent tandis qu'il répond :

— Non, Ashlyn. J'ai attendu ma compagne. *Toi.*

Je cille, stupéfaite. Et aussi… aussi *émue*. Ma vision se brouille.

— Waouh, soufflé-je, ne sachant pas quoi dire, comment exprimer ce que je ressens.

Je l'ai attendu parce que je connaissais son existence et

que je savais qu'être avec quelqu'un d'autre ne serait pas juste. Mais qu'il m'ait attendue lui aussi ?

Je frissonne.

— Je n'arrive pas à croire que tu n'aies jamais noué une Oméga.

— Je n'ai jamais embrassé personne non plus, dit-il, son nez effleurant le mien. Seulement toi. Et seulement toi pour toujours.

Je reste bouche bée.

— Je n'aurais jamais deviné ça, avoue-je, repensant à la manière dont il a bien dominé ma bouche.

Certes, je n'ai aucune expérience à laquelle le comparer. Mais je suis quasi certaine que son talent est supérieur.

Il glousse et m'embrasse encore, son esprit partageant toutes sortes de révélations curieuses. Je ne l'entends pas clairement, je ne capte que des bribes de pensée.

Étrange. Je m'attendais à pouvoir l'entendre clairement. À pouvoir lui *parler*.

Peut-être que cette partie de la connexion vient plus tard pour les loups du Z-Clan ? Je ne sais pas trop. Mais alors que son nœud commence à se résorber, je suis soudain envahie par l'envie de recommencer.

Grey doit être sur la même longueur d'onde, car il approfondit notre baiser et son sexe est toujours dur. Quand ses mains se mettent à se balader sur moi, je sais que nous allons remettre ça.

Et je fonds pratiquement en lui.

Car oui, ce sont ces souvenirs dont j'ai envie. Dont j'ai *besoin*.

Nous avons peut-être réécrit l'avenir. Et tout pourrait changer, passant d'horrible à quelque chose d'insondablement pire.

Mais au moins, je saurai que cela en valait la peine. Car maintenant, je mourrai en sachant que j'ai vraiment vécu. Que j'ai connu le lien d'accouplement. Que, pendant un moment, j'ai eu un Alpha qui a pris soin de moi correctement.

Merci, Alpha, lui murmuré-je mentalement. Je suis consciente qu'il ne peut pas m'entendre, mais j'ai besoin de le dire quand même. *Merci.*

13

GREY

Ashlyn est assise à table, les yeux écarquillés, tandis que la magie vibre dans l'air.

Il semble qu'elle avait raison au sujet de l'adoption d'une partie de ma magie via notre lien. Si seulement le pouvoir fonctionnait dans les deux sens. Et j'essaie toujours de comprendre pourquoi je ne peux pas du tout l'entendre.

Elle a dit qu'elle perçoit certaines de mes pensées, mais que ce n'est pas toujours clair. Et aucun de nous deux ne peut communiquer mentalement.

C'est… étrange.

Je la regarde dessiner sur elle une rune protectrice pareille à celle que j'ai effacée il y a une heure pour qu'elle puisse s'entraîner. Elle fronce les sourcils en voyant que celle-ci ne brille pas correctement au final, et j'attends de voir si elle comprend pourquoi.

Je sirote mon café – que j'ai préparé dans une vieille cafetière trouvée dans un placard poussiéreux – en l'observant recommencer. Elle n'aura qu'à me demander si elle veut savoir ce qui lui manque.

Pendant qu'elle s'affaire, je vérifie mentalement tous les sorts de protection autour de la cabane. Je les ai activés dès notre arrivée – juste après l'avoir mise au lit sous une montagne de couvertures – et je les recharge mentalement plusieurs fois par jour.

Jusqu'à présent, il n'y a eu aucun signe de vie dans les environs.

Pourtant, je n'arrive toujours pas à éclipser Ashlyn d'ici. Et chaque fois que j'essaie de le faire pour moi-même, ça cloche. C'est même instable. Je m'arrête donc toujours avant que l'ombre ne s'empare de moi. Cela ne m'était jamais arrivé auparavant, et le problème est clairement lié à Ashlyn d'une manière ou d'une autre.

J'ai envoyé quelques messages à Cael à ce sujet, mais il n'a pas encore répondu. Du coup je me demande si la montre n'a pas été endommagée pendant notre fuite de la grotte. Ou peut-être à cause de toute la neige que nous avons dû traverser pour atteindre cette cabane.

— *Argh*, râle Ashlyn. Qu'est-ce que je fais de mal ?

Je jette un coup d'œil à son bras.

— Il te manque un trait. Tu veux que je te montre où ?

J'ai découvert hier qu'elle préférait apprendre par la pratique, alors j'essaie de respecter cette méthode.

— Oui.

J'acquiesce et m'avance pour tracer une ligne près du bord. La rune s'illumine aussitôt d'éclats dorés, et elle lui grogne pratiquement dessus.

Je l'aide à l'effacer et lui suggère :

— Réessaie pendant que j'appelle Cael.

Parce que je n'aime pas du tout son silence radio depuis que j'ai quitté son bureau il y a cinq jours. J'aurais dû l'appeler plus tôt, quand il n'a pas répondu à mes messages, mais Ashlyn m'a distrait avec ses *besoins*.

Et quels besoins adorables, songé-je en promenant mon regard sur elle.

Puis je sors pour appeler Cael. Ça sonne une seule fois avant d'afficher *No signal.* Je fixe le message, puis je vérifie la connexion satellite. La puissance n'est pas excellente, mais l'état est toujours vert. Donc j'ai bien un signal.

Intrigué, j'essaie de nouveau, et la même chose se produit. Je consulte mes messages pour voir s'ils ont bien été transmis, et ils ont tous le statut *Envoyé*. En guise de test, j'essaie la ligne directe de Dixon. Et la même chose se produit.

— D'accord.

J'enlève la montre et la rapporte à l'intérieur, où Ashlyn a presque fini de dessiner la rune. Je lance l'appareil cassé sur le comptoir et la regarde se concentrer.

Mais soudain, elle se fige, les yeux dans le vague.

— Ashlyn ? l'appelé-je après plus de dix secondes d'immobilité.

Elle n'a même plus l'air de respirer. Je m'approche et agite ma main devant son visage. Aucune réaction.

Une vision ? Je me demande si je dois l'interrompre ou… Je ne sais pas.

Je n'*entends* rien, ce qui est exaspérant. Elle est censée être mienne. Je l'ai mordue. Je l'ai *revendiquée. Alors putain, pourquoi je ne peux pas…*

Ashlyn reprend vie en un sursaut, les yeux écarquillés, et me regarde.

— *Cael*, souffle-t-elle. Est-ce que tu… tu as parlé à Cael ?

— Non. La montre est cassée, réponds-je, sourcils froncés.

Elle secoue la tête.

— Tu dois aller le voir, Grey. *Tu dois y aller.*

— Qu'est-ce que tu as vu ? lui demandé-je, ayant besoin de comprendre.

— On n'a pas le temps, me dit-elle, l'air affolé. Oublie-moi et *pars*.

Elle est folle ?

— Oublie…

— Maintenant ! exige-t-elle, les yeux remplis de larmes. S'il te plaît, Grey. Écoute-moi, s'il te plaît.

— D'accord, lui dis-je. Mais je reviens de suite.

Ses iris bleus sont vitreux à cause des larmes qu'elle retient.

— Vas-y, Grey.

Je plisse les yeux.

— Je ne t'oublierai *jamais*, ma *compagne*, lui grondé-je, car il faut que ce soit dit entre nous. Je reviens tout de suite.

Mon don d'éclipsage s'active sans peine, ce qui est bizarre car il me posait encore des problèmes il y a une heure à peine. Mais je l'accepte et me téléporte dans le secteur Lunaire. Les dernières paroles d'Ashlyn, qu'elle a dû prononcer quand je me suis engagé dans l'ombre, me poursuivent dans les ténèbres : *« Au revoir, Grey. »*

Je n'aime pas ces mots. D'autant plus qu'ils résonnent dans ma tête sur un ton définitif qui me déstabilise.

Dès que j'aurai terminé ici…

Ma pensée s'interrompt lorsque mon entourage apparaît. La paroi rocheuse n'a rien à voir avec l'élégant bureau où je comptais atterrir avec mon éclipsage. *C'est quoi ce bordel ?*

Je tourne sur moi-même, découvrant la grande caverne au-dessus de ma tête et l'abondance de bougies.

Aucune vue sur l'ancien archipel russe qui appartient désormais au secteur Lunaire. Pas d'eau. Pas de *glace*. Juste de la roche et des bougies.

J'essaie à nouveau de m'éclipser, mais je constate que mon pouvoir a disparu.

Les yeux écarquillés, je tente machinalement de dessiner une rune. Mais on dirait que je ne possède plus aucune magie. *Tout comme lorsque mon père m'a mis le collier.*

La chair de poule me hérisse les bras, dont je constate qu'ils sont nus. Car je me suis éclipsé juste en pantalon de jogging. Je ne porte même pas de chaussures. J'ai réagi trop vite à la demande d'Ashlyn, son insistance m'a poussé à agir sans réfléchir. Et maintenant…

Où suis-je, bon sang ?

— Bonjour, mon frère, dit un fantôme de mon passé, sa voix grave résonnant sans équivoque dans la grotte. Bienvenue à la maison.

À la maison ? Je regarde à nouveau autour de moi, les yeux ronds. *Le secteur Kodiak…*

Je me suis éclipsé vers le secteur Lunaire et je me retrouve dans *le secteur Kodiak.* Sauf que cela ne ressemble en rien aux images que mon père m'a montrées quand j'étais enfant. Toute cette glace. Cette neige. Ces igloos.

Et là, c'est un foutu réseau de tunnels. *Une grotte remplie de bougies,* réalisé-je, me rappelant ce qu'Ashlyn m'avait dit à propos de ma sœur.

« Combien de bougies ? » lui avais-je demandé.

« Des milliers et des milliers », avait-elle murmuré.

Je les vois toutes maintenant, leurs flammes vacillantes éclairant chaque recoin de cette caverne.

On doit être dans une montagne creusée, pensé-je. *Merde.*

— Tu te demandes comment tu as atterri ici, je suppose, dit Spruce. Ou peut-être que tu te demandes comment je suis revenu d'entre les morts ?

Je serre les dents, je n'aime guère la tournure que prennent les événements. D'autant plus que je suis toujours magiquement bloqué d'une manière ou d'une autre.

— Qu'est-ce que je fais ici, *mon frère ?*

— Eh bien, tu t'y es éclipsé, m'explique-t-il d'un ton moqueur. Quoique je ne pense pas que ce soit là où tu voulais aller, n'est-ce pas ? Peut-être au secteur Lunaire, par exemple ?

Un frisson glacé me parcourt l'échine.

— Qu'est-ce que tu as fait ? veux-je savoir.

J'essaie de le repérer dans la grotte, mais il est dissimulé dans l'ombre, ce qui est un peu ironique, vu comment je me suis retrouvé ici.

—Je n'ai rien fait. Notre sœur, en revanche…

Il finit par s'avancer dans la lumière, ses cheveux blonds éclairés par les bougies qui l'entourent. Mais c'est le verre qu'il tient qui attire davantage mon attention.

Il est rempli de sang. Je le sens d'ici.

Le sang renforce la magie des loups du V-Clan, ce qui en fait une boisson indispensable pour notre espèce. Toutefois, je me suis rendu compte que je peux m'en passer pendant des mois sans ressentir de différence, peut-être grâce à mes gènes Z-Clan.

Cependant, mon frère n'en a jamais bu durant son enfance. Notre père le lui interdisait, prétextant que c'était trop vampirique et qu'il n'allait pas élever des enfants vampires.

C'est intéressant que mon jumeau en boive maintenant.

C'est également intéressant que je ne puisse pas le capter ni le sentir du tout.

C'est pourquoi je pensais qu'il était mort : notre lien jumeau s'était rompu et j'avais senti sa vie disparaître. Mais on dirait que c'était une mauvaise supposition de ma part.

— Tu veux la voir ? me propose-t-il, ce qui me fait hausser un sourcil. Notre sœur, je veux dire. Elle fait plutôt sensation par ici.

Mon estomac se noue, mon cœur me remonte à la gorge. *Nikiski est là.*

C'est une des visions qu'Ashlyn a eues : la grotte, ma sœur, les bougies. Mais pas mon frère.

Qu'est-ce qui se passe, bordel ? ai-je envie de savoir, mais je refuse de jouer le jeu que Spruce essaie de mettre en place.

— Tu veux que je la voie ? demandé-je plutôt d'un ton ennuyé, une technique que j'ai maîtrisée avec Cael, mon meilleur ami.

C'est lui le plus fort en politique dans ce domaine. Mais il m'a attribué le titre de second pour une bonne raison.

— Ce que je veux, c'est mon nouveau jouet, dit Spruce. (Il boit une gorgée de son verre, fermant ses yeux vert forêt — les mêmes que ceux de notre père — dans un moment de félicité.) Mais tu l'as laissée aux hors-la-loi, à ce que je vois.

Mon masque de calme manque de tomber. Car je n'aime vraiment pas ce qu'il dit ni ce qu'il sous-entend, selon moi.

— Ce n'est pas grave, je suppose, poursuit-il. Ils la briseront pour moi. Ça facilitera son domptage une fois qu'elle sera mienne.

Ashlyn, pensé-je. *Non, il ne peut pas parler d'elle. Comment pourrait-il même savoir qui elle est ?*

— Nikiski s'est battue avec cette petite morveuse pendant des lustres, poursuit-il. À lui implanter des images, puis tout changer quand elle les contrecarre. (Il fait tourner son verre et boit une autre gorgée.) Cette jolie voyante a été tellement insaisissable. J'ai vraiment hâte de l'étrangler avec mon nœud dans sa gorge, de lui faire payer tous ces efforts.

Je déglutis, ma bête gronde en moi. Je ne comprends pas ce qu'il veut dire par « implanter des images », mais *jolie voyante* ressemble trop à Ashlyn. *Ma petite énigme.*

— Quoi qu'il en soit, dit-il en reculant d'un pas, si tu viens avec moi, je te présenterai Nikiski. Tu pourras lui dire bonjour en souvenir du bon vieux temps. Mais sache qu'elle ne pourra pas te répondre.

Mon cœur manque un battement. J'ai envie de lui demander de préciser ; et comment il m'a forcé à venir ici ; comment il a déconnecté son âme de notre lien jumeau ; ce qui est vraiment arrivé à notre sœur cette nuit-là.

Car tout ce que j'ai recherché, tout ce que je pensais savoir, est manifestement faux.

Nikiski n'est pas du tout dans la traite d'esclaves Omégas. Elle est *ici*. Dans cette caverne. Dans le secteur Kodiak.

Putain.

Spruce attend que je le suive, alors je glisse mes mains dans mes poches et feins une assurance que je ne ressens pas.

Je n'ai pas d'armes. Je suis à moitié nu. Et mes pouvoirs ont été neutralisés par une sorte de barrière magique invisible. Tout ce que j'ai, c'est mon esprit. Mes poings. *Et ma motivation*. Mais je ne peux utiliser aucun de ces atouts tant que je ne sais pas à quoi j'ai affaire.

Je fais donc la seule chose possible : j'obéis à la demande de mon frère et je le suis… *en enfer*.

14

ASHLYN

TERRES NOMADES, CANADA

GREY EST PARTI.

Je l'ai senti quand il est parti, le caractère définitif de ce moment. Cela ressemblait trop à mes visions. Et pourtant, c'était aussi radicalement différent.

Rien n'est ce qu'il paraît. Tout est confus.

Et mon esprit n'est toujours pas clair. Ce qui est exaspérant. Je ne vois *rien*. C'est comme si j'étais perdue dans des abysses. Mais il s'est passé quelque chose dans le secteur Lunaire. Quelque chose de *catastrophique*.

Tout ce que j'ai vu, c'était du *sang. Et la tête de Cael… qui roulait…*

Je m'empoigne les cheveux, je déteste ne pas savoir ce qui s'est passé. Si ça s'est arrêté ou non. *Si Grey va bien…*

Au moment où il s'est éclipsé, j'ai senti notre lien incertain *se rompre*. J'ignore comment cela s'est produit, mais c'est comme si nous n'étions plus accouplés.

Il m'a mordue. Il m'a revendiquée. Il m'a liée à lui. Alors pourquoi je ne le sens plus ?

Que se passe-t-il dans le secteur Lunaire ?

Je fais les cents pas dans la pièce, le cœur battant la chamade.

Ça fait *des heures* que Grey est parti. *Des heures* que je lui ai dit au revoir.

« Je reviens tout de suite », tels ont été ses derniers mots. Et ils ont déclenché quelque chose en moi. Une vision. Mais elle s'est évanouie avant même de se former correctement, me laissant battre des paupières, perplexe.

Quelque chose ne va pas du tout. Mais je ne parviens pas à identifier ce que je ressens ni pourquoi.

— C'est exaspérant, grommelé-je à voix haute, tout en continuant à faire les cents pas. Totalement insensé.

Je n'ai jamais été aussi aveugle. Je ne me suis jamais sentie aussi perdue ou incapable de…

Un hurlement déchire l'air, un son qui hérisse mes bras de chair de poule. Un son que je connais bien, pas seulement parce que c'est un Alpha qui annonce ses intentions. C'est un son particulier, issu de mes cauchemars d'avenir. Un cauchemar… qui se dévoile maintenant.

Je secoue la tête. *Mais je ne suis pas en chaleur.* Dans mes rêves, j'étais toujours en chaleur. Il faisait toujours noir. *Et j'étais toujours dans la tanière…* Rien à voir avec cette cabane. Rien à voir avec Grey qui me noue. Rien à voir avec sa *morsure.*

Je tourne en rond, l'esprit confus, le cœur martelant ma poitrine. Je panique. Je… Je sais que je panique.

Il faut que ça cesse, pensé-je, étourdie. *J'ai besoin de respirer !*

Oracle, j'ai complètement perdu le contrôle. J'ai juste… juste besoin de… Je ferme les yeux et me force à inspirer. *Concentre-toi, Ash,* m'exhorté-je. *Concentre-toi.*

Il y a des protections défensives tout autour de cette cabane. J'ai senti Grey les renforcer tout à l'heure pendant que j'étais…

J'ouvre brusquement les yeux et les baisse vers mon bras. La rune… Je ne l'ai pas terminée. J'étais trop occupée à m'inquiéter pour Grey et le secteur Lunaire pour achever ma tâche.

C'est idiot, me dis-je en secouant la tête. Puis je me concentre pour réactiver le signe protecteur. J'étais tout près du but, il ne manquait que la dernière touche.

— Tu peux y arriver, murmurai-je. Tu *dois* y arriver.

J'ai voulu apprendre ces runes pour une bonne raison. Une raison qui pourrait bien survenir ce soir.

Mon doigt tremble tandis que je trace la magie sur ma peau.

— Allez, m'encouragé-je, prenant une autre grande inspiration.

C'est alors que ce hurlement déchire de nouveau l'air, plus proche. *Trop proche. Pourquoi les protections ne se déclenchent pas ?* m'inquiété-je en jetant un coup d'œil au soleil couchant par la fenêtre.

— Non, me réprimandé-je. La rune d'abord.

J'inspire une nouvelle fois, j'expire par la bouche et je me *concentre*.

Trait. Croix. Point. En haut. Un cercle autour. Pause. Un autre trait. Croix. Point. Je considère le symbole, consciente qu'il me manque quelques détails. C'est fastidieux, et l'ordre dans lequel j'exécute chaque partie est important. *Mais je pense… Oui !*

La rune émet une lueur dorée, provoquant une vague de sensations sur ma peau.

Oh, c'est nouveau, constaté-je, frissonnant légèrement à cause de l'électricité statique qui me parcourt. *Pourquoi je n'ai pas ressenti ça quand Grey l'a fait ?*

— Est-ce que je me suis trompée quelque part ? marmonné-je. Est-ce que je dois…

Une vive douleur me transperce l'abdomen, me faisant me plier en deux en haletant.

Aïe. Aïe. Aïe. Qu'est-ce que… ? Je ne…

Mes genoux heurtent le sol, mon corps commence à convulser sous les vagues de douleur qui me submergent. *La rune,* me dis-je en regardant mon bras. Mais je n'arrive pas à bouger… suffisamment… pour… *Oracle !* Je dois puiser dans toutes mes forces pour essayer de respirer malgré le barattage de mon abdomen.

Mon œstrus, réalisé-je. *Je vais entrer en chaleur…* Mais si soudainement…

Je me mets à trembler.

Et instantanément, je suis plongée dans l'obscurité, enfermée dans cette caverne, celle où se trouve la sœur de Grey. J'ignore comment je l'ai reconnue. Elle ne ressemble en rien à son frère, avec ses longs cheveux noirs et ses yeux tout aussi noirs. Mais je la *reconnais* sitôt que je la vois.

Et elle aussi me reconnaît.

Il y a une pointe de désespoir toujours latente dans son regard, que je n'avais jamais vraiment remarquée jusqu'à présent. Car en général, mes visions ne me regardent pas en retour. Or elle me regarde nettement en ce moment, son expression me suppliant de… *De faire quoi ?*

Elle est enfermée dans une cage, la bouche bâillonnée. Mais ses yeux sont éloquents. Ses yeux me *voient.*

Je lui retourne son regard, puis j'observe son entourage. Sa cage est en verre. Et elle est nue. Complètement exposée. Mais cela ne semble pas être la cause de son expression actuelle. Car il y a de la colère dans ses yeux sombres. Non, pas juste de la colère… de la *fureur.* Cette femme est *en rage* à l'intérieur.

Il y a des Alphas tout autour d'elle, qui surveillent chacun de ses mouvements. Mais elle les ignore. Ignore les railleries. Ignore le cordon attaché à son bras…

Quoi ? Je n'ai jamais vu ça. Ce n'est pas un cordon, cependant. C'est… c'est comme une perfusion. Et ça draine son sang dans quelque chose.

Je fronce les sourcils en voyant l'un des Alphas – un homme qui me rappelle un peu Grey – s'approcher pour remplir son verre à un goulot.

Oh, Moires… Ils vident la sœur de Grey de son sang. *Mais pourquoi ?*

Je la fixe de nouveau, et elle me lance un regard noir, comme si elle était fâchée.

Essaies-tu de communiquer avec moi ? m'étonné-je, complètement déconcertée par cette vision. Car cela ne ressemble pas tant à une vision qu'à la *réalité*.

Je secoue la tête pour essayer de m'éclaircir les idées, mais ce faisant, j'aperçois Grey.

Grey.

Je reste bouche bée.

— *Grey !*

Il gît inconscient près de la cage en verre, une balle dans la tête.

Il ne peut pas mourir. Il est immortel. Mais… mais il a l'air vraiment mort.

Que s'est-il passé ? Est-ce que ça s'est produit ? Est-ce que ça va se produire ? Je ne…

Nikiski lève les mains, attirant mon attention sur elle, et lève sept doigts avant de tapoter son poignet. Tout en me fixant, elle forme un O avec ses doigts. Après quoi elle touche sa joue, puis son oreille.

Je ne comprends pas. Elle recommence : *sept. Poignet. Doigts en O, de la joue à l'oreille.*

Puis tout vire au noir, et je me réveille sur le sol de la cabane, les yeux levés au plafond.

Ce symbole a clairement une signification, tout comme

le chiffre sept. *Il est sept heures ?* réfléchis-je. *Sept heures ont passé ?* Et que signifie l'autre… ?

Mon estomac est de nouveau brassé, me rappelant que mes chaleurs arrivent, juste au moment où ce hurlement retentit encore au-dehors.

Il se rapproche. *Ils* se rapprochent.

Des visions d'Alphas sauvages envahissent mes pensées, de nouvelles images qui ne proviennent pas de mon passé.

Car mon avenir a été réécrit. Je suis une nouvelle voie désormais. Encore pire.

Car ces Alphas sont voués à me violer dans le lit même que j'ai partagé avec Grey.

Je pose ma main sur mon ventre, les larmes me piquent les yeux.

Sa sœur essayait de me dire quelque chose. Ce qui est impossible. Je ne communique pas avec les victimes par le biais de visions ; je les *vois* simplement. *Pourtant elle m'a vue*, repensé-je à ma vision. *Est-elle aussi une voyante ?* C'est une Oméga mi V-Clan, mi Z-Clan. Donc c'est très possible. Du coup… elle peut voir l'avenir. Ou peut-être a-t-elle un autre pouvoir lié à la divination.

Attends…

Je baisse les yeux vers ma rune et la vois luire de manière défensive sur ma peau. Je pensais que cela indiquait simplement qu'elle fonctionnait, qu'elle brillait pour signaler qu'elle était active. Mais si c'était plus que ça ? Si elle me protégeait *réellement ?*

Je croyais que la source qui perturbait mes visions pouvait être les dragons. Je n'avais jamais envisagé qu'il puisse s'agir d'une autre Oméga du Z-Clan – *Nikiski*.

Est-ce elle qui m'a transmis ces images ? Je m'assois par terre, ignorant la douleur dans mon estomac. *Le secteur Lunaire…* Tout cela n'était-il qu'un mensonge ? Le sang ?

La mort de Cael ? Je ne vois plus rien maintenant, comme si cette vision n'avait jamais existé.

Je baisse à nouveau les yeux vers la rune.

Et ça s'est produit alors que je n'étais pas protégée…

— Oracle, soufflé-je.

Ça explique tout ce flou, ces visions changeantes, cette *confusion*. Je ne sais pas ce qui était réel et ce qui m'a été implanté. Mais je *vois* maintenant les Alphas qui viennent me chercher. Tout comme je *vois* Grey à terre, une balle dans la tête. Il porte le même pantalon de jogging qu'il avait quand il est parti.

Mais il est couvert de sang. Il a des blessures ouvertes. *Des coups de fouet*, reconnais-je. *Il est torturé*. Maintenant ou dans le futur ? Je n'arrive pas à le déterminer. Mais il est vivant. Je peux le sentir maintenant que la rune est en place. Je peux aussi sentir ses protections se déclencher.

C'est comme si tout s'était soudain éclairci. Si seulement je pouvais l'*entendre*…

Grey ! crie-je mentalement, espérant que notre connexion fonctionne. *Grey, si tu m'entends, dis-moi comment te retrouver !*

Rien. Je grogne.

Je ne vais pas laisser tomber. Il doit y avoir un moyen…

Je me remets debout, me forçant à bouger malgré la douleur, et m'approche des fenêtres et de la porte. Je dois trouver un moyen de me protéger pendant que j'essaie de démêler tout ça. Je dois trouver Grey. L'aider à sauver Nikiski. *Tout* pour…

Un bourdonnement me fige sur place. Je me retourne lentement et vois la montre de Grey s'allumer sur le comptoir. Je n'avais pas remarqué qu'il l'avait laissée là.

Mais l'écran s'éteint aussitôt.

Ashlyn, entends-je Grey, sa voix dans ma tête est le son le plus incroyable qui soit.

Grey !

Ashlyn...

Je suis là ! lui dis-je.

Regarde, dit-il, me faisant froncer les sourcils.

Quoi ?

Il continue de parler mais ses mots sont brouillés, comme s'il était au téléphone avec une mauvaise connexion.

Ne le fais pas, dit-il.

Ne fais pas quoi ? demandé-je, perplexe.

Kodiak...

Mon cœur manque un battement. *Le secteur Kodiak.*

Des grottes, pense-t-il ensuite. *Mais... observer... rester ?*

J'essaie de suivre ce qu'il dit, mais mon esprit est déjà en train de réfléchir au *secteur Kodiak* et aux *grottes*. Le secteur Kodiak est une île montagneuse. Est-il possible qu'ils aient creusé une montagne pour créer une grotte ? Éclairée par des milliers de bougies ?

Je ramasse sa montre juste au moment où l'écran s'allume sur un appel entrant. *Cael.*

J'appuie sur le bouton *Répondre* et son visage apparaît.

— Ashlyn, dit-il, l'air soulagé. Où es-tu, bon sang ?

— Je ne sais pas, avoue-je. Quelque part au Canada, ou ce qui était autrefois le Canada ? (Je secoue la tête.) Mais peu importe. Grey a des ennuis. Il a été emmené dans une caverne... Je... Je crois que ça pourrait être dans le secteur Kodiak. Je ne comprends pas bien ce qu'il dit dans ma tête.

— Le secteur Kodiak ? répète-t-il.

— Il essayait de s'éclipser dans le secteur Lunaire parce que j'ai vu quelque chose... sauf que je ne l'ai pas vraiment vu. Je crois que sa sœur me perturbe l'esprit. D'ailleurs, sais-tu ce que ça signifie ?

Je reproduis les gestes que Nikiski a faits dans mon étrange vision d'elle. Cael fronce les sourcils.

— Non, mais ça ressemble au langage des signes.

— Elle n'arrêtait pas de me montrer le chiffre sept et de tapoter son poignet.

— Elle ?

— Nikiski, expliqué-je. Elle est…

Je m'interromps car une douleur particulièrement intense me déchire le ventre. J'y appuie ma main pour tenter de l'apaiser, puis je me mords la lèvre pour ne pas gémir.

— Ashlyn ? demande Cael, l'air inquiet.

— Chez elle, répond quelqu'un d'autre en arrière-plan.

— Hein ? fait Cael.

— Ce signe signifie *chez elle*, précise la voix grave.

Je ne sais pas qui c'est, et je m'en fiche. Car c'est logique.

— Elle essayait de me dire qu'ils sont dans le secteur Kodiak, parviens-je à articuler.

— Ça va, Ashlyn ? s'enquiert Cael.

— Ça va, lui réponds-je. C'est Grey, je l'ai vu… Je le *vois* se faire tirer dessus. Tu dois l'aider, Cael. Ils lui ont fait quelque chose, je ne sais pas quoi. Mais il s'éclipsait vers le secteur Lunaire et s'est retrouvé là-bas je ne sais comment. Et sa sœur… Elle a manipulé mes visions. Bien que je ne pense pas qu'elle *voulait* le faire.

Ce n'est donc pas une situation comme celle de Sylvia, avec le prince Tadhg qui l'avait en quelque sorte conditionnée pour qu'elle obéisse à ses quatre volontés.

Ici ça me paraît *forcé*, comme si Nikiski luttait contre celui qui la retient captive.

L'homme au verre… celui qui ressemble à Grey.

— Spruce, dis-je à voix haute, une autre pièce du

puzzle se mettant en place. Cael, je crois que Spruce est vivant. Le frère de Grey. Il détient Nikiski... et Grey.

Je ne comprends tout simplement pas la finalité de tout ça. Je ne la *vois* pas.

Tout ce que je vois, ce sont ces Alphas qui viennent me mettre en pièces.

— Tu dois l'aider, Cael. Promets-moi que tu vas l'aider.

Il répond quelque chose que je n'entends pas à cause du rugissement dans mes oreilles.

Oh, Moires... La vision a empiré.

J'ai déclenché quelque chose par accident. Je ne sais pas quoi ni comment, seulement que le résultat commence à se révéler dans mon esprit. Et ce n'est pas agréable. C'est sanglant. Horrible. *Rempli de douleur...*

Je me tourne vers la fenêtre, vers le ciel nocturne...

Ça vient. Ce soir, tout va prendre fin.

— Aide-le, Cael, répété-je. Sauve-les, Nikiski et lui, et dis-lui que je l'attendrai.

Je ne l'attendrai pas. Mais la question n'est pas là. J'ai besoin que Cael se focalise sur Grey. Qu'il aide Grey. Pas moi.

Je raccroche et me force à me concentrer. J'ai appris ces runes pour une bonne raison.

C'est peut-être ma dernière nuit sur cette terre, mais je ne vais pas me laisser tuer sans me battre.

Il est temps de se préparer au combat...

15

GREY

JE N'EN crois pas mes yeux. Nikiski est dans foutue *boîte*, nue et bâillonnée. Et son bras est relié à une perfusion qui tire son sang pour que Spruce puisse le boire.

— C'est quoi ce bordel ? lancé-je, incapable de masquer mes émotions. Pourquoi tu fais ça ?

— Le pouvoir, répond simplement Spruce. Le sien, plus précisément. Mais la seule façon de la contrôler, c'est de boire.

Nikiski affiche un air meurtrier qui me montre qu'elle est tout à fait *consciente* de sa situation. Non seulement ça, mais elle est aussi bien *vivante*. Combien d'Omégas auraient craqué dans ces conditions ? Mais pas Nikiski. Elle est furax. Et elle s'assure que Spruce le sache en le fusillant du regard.

Elle était déjà fougueuse dans son enfance, essayait souvent de défier l'autorité de notre père. Peu importe le nombre de fois où il la frappait, elle se relevait aussitôt.

159

Parfois, ça lui demandait plus d'efforts, mais elle ne le laissait jamais la rabaisser.

Et on dirait bien que cet état d'esprit n'a fait que se renforcer.

J'aimerais que ça me soulage, mais je suis trop furieux pour ressentir autre chose que de la colère.

— Qu'est-ce que tu lui fais faire ? demandé-je à Spruce.

Il sourit, les dents rougies par son sang.

— Elle m'aide à piéger une puissante voyante en lui implantant des visions et en brouillant le destin. Et maintenant, elle va m'aider encore, n'est-ce pas, ma chère sœur ?

Nikiski plisse les yeux, puis se fige alors que mon frère fait quelque chose avec son esprit, qui fait s'effondrer notre sœur à genoux dans une crise de souffrance évidente.

Poussant un grognement que je ne peux réprimer, je veux me ruer en avant, mais mes pieds sont comme *collés* au sol.

— Je suis à toi dans un instant, dit Spruce d'un ton désinvolte, ses yeux noirs fixés sur Nikiski qui commence à hurler de douleur.

Plusieurs grondements suivent, provenant d'autres Alphas qui entrent dans la grotte. Sauf qu'ils ne grondent pas de fureur, mais de *faim*. Ils regardent Nikiski comme s'ils voulaient la dévorer.

— Pas encore, leur dit Spruce. Une fois la tâche accomplie.

Mon estomac se noue à cette pensée. Je ne peux qu'imaginer ce qu'ils seront autorisés à faire après tout ce bordel.

— Hmm, c'est frustrant, murmure Spruce pour lui-même. Je me demande où elle a appris à faire ça ?

Nikiski halète alors qu'il semble relâcher son emprise mentale sur elle, et tourne ses yeux vers moi.

— Tu as appris à ma voyante à se protéger avec une sorte de rune. Qu'est-ce que c'est ?

J'arque un sourcil.

— *Ta* voyante ?

— Ne fais pas l'idiot, mon frère. Tu es en minorité et largement surpassé. Dis-moi ce que j'ai besoin de savoir, et j'envisagerai de te laisser vivre une vie utile quelque part dans la grotte.

Quelques Alphas grognent, mais Spruce se contente de soutenir mon regard avec une expression totalement indéchiffrable.

Je n'ai jamais été proche de mon jumeau, car pendant notre enfance, il préférait apaiser notre père, contrairement à moi qui souhaitais le défier. Cependant, on dirait que le jumeau que je connaissais autrefois n'a rien à voir avec l'Alpha qui se tient devant moi. Il est puissant. Je le sens dans son aura qui rayonne dans cette caverne.

Il n'y a pas de véritable hiérarchie dans le secteur Kodiak, seulement des meutes qui choisissent de suivre un chef. C'est très différent du secteur Lunaire, où Cael est le prince qui règne sur l'île entière.

Toutefois, mon frère semble être l'Alpha de cette meute particulière. Et d'après les odeurs que je perçois, cette unité compte de nombreux membres.

— Grey, insiste Spruce. Ce serait plus facile si tu me disais ce que tu as fait à mon petit jouet.

Je croise les bras sur ma poitrine.

— Et si je ne le fais pas ?

Il sourit.

— Alors je les laisserai s'amuser avec toi avant qu'ils s'amusent avec Nikiski. (Il fait signe aux Alphas qui s'approchent.) Ils adorent les préliminaires violents.

Je serre les dents.

— Tu vas me garder handicapé ou me laisser *m'amuser* à ma façon ?

Il grogne.

— Tu seras libre d'utiliser ton loup, si tu le souhaites. Rien d'autre.

— Quelle fantastique réunion de famille, dis-je d'un ton pince-sans-rire.

Il ricane.

— Nous ne sommes plus une *famille* depuis la nuit où tu as trahi notre père, Grey. (Il me fait face, ses yeux verts reflètent un mâle Alpha sain d'esprit mais très fâché.) Qu'allais-tu les laisser me faire cette nuit-là, *mon frère ?*

Je ne réponds pas. Car j'étais tout à fait prêt à les laisser faire tout ce qu'il fallait pour assurer la sécurité de notre mère et de notre sœur. Ce qui incluait de tuer Spruce s'il se mettait en travers de notre chemin. Ce qu'il a fait. Sauf qu'il s'est éclipsé avant que quiconque puisse l'arrêter.

Il sourit de nouveau, froidement.

— Je m'assurerai de te rendre la pareille, alors.

Je n'émets aucun commentaire, parce qu'il n'y a vraiment rien à dire.

— Dis-moi où je peux trouver ma voyante, tente-t-il encore. Et dis-moi ce que tu lui as enseigné.

Je garde le silence. Rien ne peut me faire avouer où se trouve Ashlyn.

Il hausse un sourcil, comme s'il avait capté cette conviction. Ou peut-être la lit-il sur mes traits.

— Je vois, murmure-t-il. Alors je suppose qu'on va se la jouer fun.

Nikiski hurle, me donnant la chair de poule. Je la regarde, perturbé de la voir à quatre pattes, hurlant comme si elle était agressée, alors qu'il n'y a personne à proximité.

— Je laisse notre sœur voir ce que je vais permettre à ces Alphas de lui faire après l'arrivée de mon nouveau jouet, dit Spruce d'un ton badin. On dirait qu'elle va apprécier.

J'essaie à nouveau de bouger, mais je me suis toujours bloqué. *Putain !* Quand je trouverai comment défaire cette magie, je mettrai Spruce en pièces.

— Pas autant que ma voyante va apprécier le cadeau qui lui est destiné, bien sûr, poursuit-il, ses mots me glaçant le sang. Nous devons juste la localiser...

Il jette un coup d'œil à sa montre, un geste qui me fait réfléchir. Car j'ai laissé la mienne sur le comptoir quand elle a cessé de fonctionner.

— Désactivez temporairement le bloqueur de signal pour toute la région, dit-il à quelqu'un à travers son appareil. Puis tracez tous les appels entrants et sortants.

Mon cœur s'arrête.

Putain. *Putain. Putain !*

Ashlyn ! l'appelé-je, espérant de toutes mes forces qu'elle puisse m'entendre d'une manière ou d'une autre.

Elle ne répond pas. J'essaie encore : *Ashlyn !*

Rien. *Merde.* Je... Je dois essayer... Je vais juste...

Ashlyn... Ne touche pas à la montre. Tu m'entends ? Ne touche pas à la montre. Ils la tracent dans le secteur Kodiak où je me trouve actuellement. C'est là où sont les grottes de tes visions. Mais peu importe. Ne touche pas à la montre, compris ?

Je répète ces mots encore et encore jusqu'à ce que j'entende mon frère glousser, un son qui me glace.

— Excellent, dit-il.

Je n'ai aucune idée du temps qui s'est écoulé, trop occupé à répéter ce message à Ashlyn. Un message qu'elle n'a manifestement pas capté. Car l'instant d'après, j'entends une déclaration qui hantera à jamais mes cauchemars :

— Envoyez une fusée éclairante dans la zone pour alerter tous les Alphas à proximité qu'une Oméga est en chaleur. Et envoyez les coordonnées. (Son regard sombre se pose sur moi tandis qu'il ajoute :) Je n'ai pas eu besoin de ton aide après tout, *mon frère*.

ASHLYN

Terres Nomades, Canada

La chaleur envahit mes veines, bloquant chacun de mes mouvements tandis que j'essaie de créer autant de protections que possible dans toute la cabane.

Il y a un sous-sol où j'ai envisagé de me cacher, mais je serais alors piégée lorsque les Alphas auront franchi les mesures de sécurité. Ce qui me paraît inutile.

Je ferais mieux de rester à l'étage, comme me le suggèrent mes visions, afin de pouvoir au moins essayer de sauter par la fenêtre. Ou regarder le soleil. Ou simplement… *être un peu plus à l'aise pendant qu'ils…*

Je déglutis, ne voulant pas aller au bout de cette pensée. Je préfère m'occuper des runes protectrices.

Ce qui fait mal. *Très mal.* Car ça nécessite de rester debout.

Allez, Ash…

Les hurlements s'amplifient. Des explosions retentissent quand les protections de Grey sont franchies. Et je sais que les Alphas s'approchent de la cabane.

Ce n'est plus qu'une question d'une heure maintenant. Sans doute moins.

Mon estomac se noue.

Fuir en motoneige n'est pas une option ; je ne peux pas la piloter dans cet état. Je suis sur le point de perdre la tête de désir. *Et mon corps sous… une série de ruts.*

Je me mords la lèvre pour ne pas pleurer. Les larmes ne m'aideront pas.

Tout ce que je peux faire maintenant, c'est essayer de me battre.

J'attrape le sac de Grey contenant les armes et les munitions et je le traîne avec moi à l'étage. Tant que je serai consciente – ou tant que j'aurai une arme en état de marche – je tirerai.

Parce que je vais faire *saigner* ces connards.

Vous me voulez ? pensé-je en armant un fusil. *Alors venez me chercher, bande d'enfoirés.*

GREY

Secteur Kodiak

La douleur me déchire de l'intérieur.

Pas à cause de ce que les « amis » de mon frère me font subir, mais à cause de ce que je *ressens* chez Ashlyn. Elle est terrifiée. Et elle est en chaleur. Je peux sentir son œstrus d'ici, sa louve intérieure hurlant après le mien.

Mais je suis attaché à une foutue chaise et je me fais tabasser.

Parce qu'apparemment, quand mon frère m'a dit que je pouvais utiliser mon loup, il voulait dire que je pouvais essayer de me transformer pour riposter. Je n'ai pas pris cette peine, car ça ne sert à rien.

J'encaisse les coups de poings et de pieds sans même grogner. Car je suis trop focalisé sur ma compagne. Sur notre lien. Sur sa douleur.

Ashlyn, murmuré-je, souhaitant pouvoir m'éclipser vers elle. *Je suis tellement désolé…*

Je n'aurais jamais dû la quitter. Je savais que quelque

chose n'allait pas. Mais elle a insisté, et je... je l'ai abandonnée.

Tout comme j'ai abandonné Nikiski il y a toutes ces années. Tout comme je l'abandonne maintenant. Je l'entends pleurer dans sa cage, connaissant les plans sadiques que notre frère lui réserve. Ou peut-être pleure-t-elle pour moi. Je n'en sais rien.

Ça fait une éternité que je ne l'ai pas vue. Je reconnais à peine la femme qu'elle est devenue.

Quelque chose craque – un coup à ma mâchoire –, me faisant ouvrir les yeux un instant pour voir un Alpha du Z-Clan particulièrement costaud prendre mon visage pour son punchingball personnel.

Je crache une giclée de sang. Puis je recommence à faire semblant de dormir.

Ça fait mal, mais ce n'est en rien comparable à ce que j'éprouve à l'intérieur.

Tant de pièces du puzzle se mettent en place.

Cette rune que j'ai dessinée sur le bras d'Ashlyn... c'est à cause d'elle que je ne pouvais pas l'éclipser. Elle la protégeait en faisant en sorte qu'elle ne se retrouve pas dans cette grotte.

Je n'ai pas encore compris comment mon frère a pu exploiter mes dons, mais je soupçonne que ça a un rapport avec notre lien de jumeaux.

C'est peut-être aussi pourquoi j'ai du mal à me connecter pleinement à Ashlyn, réalisé-je. *Il m'a fait quelque chose.*

Mais du coup, je pourrais être capable de défaire son sort. Ou l'utiliser contre lui. Quoique je soupçonne qu'il soit dans ma tête depuis longtemps. Ce qui explique comment il m'a non seulement convaincu qu'il était mort, mais aussi persuadé de ne pas chercher son corps comme preuve.

Merde.

Je ne sais pas quand mon frère est devenu aussi malin. Peut-être l'a-t-il toujours été et je ne l'avais pas remarqué quand j'étais enfant, trop absorbé par mon exaspération envers notre père.

Ou peut-être qu'il a eu un mentor, songé-je, me demandant s'il fait partie de l'infâme organisation secrète.

Quoi qu'il en soit, je dois trouver un moyen de m'en sortir. De retourner à…

Un coup particulièrement violent à la tête me fait tomber par terre avec ma chaise.

Et tout ce que j'entends, c'est le rire de mon frère. Sauf que ce n'est pas seulement un son dans mes oreilles. Je l'entends… dans mon esprit aussi.

Cet écho, pensé-je. *Comme l'écho des adieux d'Ashlyn. Comme l'écho de la voix de Spruce lorsqu'il a commencé à parler.*

Serait-ce une piste à explorer ?

J'ignore les Alphas qui redressent ma chaise et concentre toute mon énergie sur moi-même. Je dois faire quelque chose. Je ne peux pas rester assis ici pendant que ma *compagne* est en chaleur au milieu d'une fête du rut locale. Car c'est essentiellement ce qu'a organisé mon frère.

Je vais le tuer, putain. Mais d'abord, je dois le battre. *Comment ?* Je fouille dans mon esprit, cherchant où devrait se trouver mon lien avec Ashlyn. Il est là. Je le sens – ainsi que la terreur qui se propage à travers – mais je n'arrive pas à suivre la ligne qui mène à son esprit. Elle est… inexistante.

Non, ce n'est pas vrai. Il y a un nuage… Ça m'intrigue. *Pourquoi y a-t-il un nuage ?* J'essaie de le repousser, mais il paraît flexible dans mon esprit. *Permanent.* Ce qui n'a aucun sens. Il ne devrait y avoir rien d'autre qu'Ashlyn.

Mais au lieu d'essayer de le démanteler, je m'y plonge et me retrouve à contempler une tempête d'activité électrique. C'est comme un champ de mines mental. Dans ma putain de tête.

Concentré, je navigue lentement à travers le chaos. *Il doit y avoir un moyen de l'effacer…* Cependant, avant de le faire, je cherche à voir où ça prend racine et à quelle profondeur ça va.

Je peux t'aider ? me demande une voix suave dans ma tête, que je ne m'attendais pas à entendre aujourd'hui.

Cillian ?

Bonjour, Grey. La cavalerie est arrivée.

Il me faut toute ma force pour ne pas trahir ma réaction à cette déclaration.

Mais on dirait que tu as un petit problème à régler d'abord, murmure-t-il. *Tu as besoin d'aide ?*

N'importe quel autre jour, j'aurais dit au télépathe d'aller se faire foutre. Mais aujourd'hui n'est pas un jour comme les autres.

Oui, réponds-je sèchement. *J'aimerais bien, en fait.*

Alors donne-moi un instant, dit Cillian. *Ce don que j'ai hérité d'Ivana est encore tout nouveau…*

Je reste assis et j'attends, puis je réfrène un soupir de soulagement lorsque la chaleur envahit mes veines. La chaleur et le *pouvoir…*

Quelque part, un Alpha grogne. Je sens que c'est mon frère.

Avant qu'il puisse m'atteindre, je m'éclipse de ma chaise et atterris de l'autre côté de la pièce.

Au moins, je sais maintenant *comment* il contrôlait mon éclipsage. Ça avait quelque chose à voir avec le lien qu'il avait corrompu. Un lien que je ressens à nouveau à présent. Sa vie pulse en moi, notre lien jumeau est bien vivant.

Mais ça ne va pas durer.

Je secoue mes bras et mes jambes, puis je m'éclipse

encore quand je sens mon frère essayer de se raccrocher à mon esprit. Il semble avoir perfectionné le don de blocage de notre père.

Tu peux nous aider à te localiser dans le secteur Kodiak, s'il te plaît ? demande calmement Cillian. *Le chiffre sept donné par ta sœur ne nous aide pas.*

Le chiffre sept ? répété-je, ne suivant pas.

Sept heures, je crois, répond-il.

J'allais lui demander de quoi il parle quand un coup de poing à la mâchoire m'envoie valdinguer à travers la pièce. Mon frère est sur moi en un instant, un éclat métallique dans la main.

Je grogne et lui retourne son coup de poing, puis m'éclipse hors de lui, m'emparant au passage du bout de métal qu'il tenait. Je l'écrase dans ma main, ma force de Z-Clan enfin utile à quelque chose.

Ashlyn est en danger, pensé-je à l'adresse de Cillian, haletant sous l'effort tandis que j'essaie de repousser mon frère, tout en réfléchissant à ce que peut signifier sept heures. Nikiski étant lié à Ashlyn par les visions, elle le sait peut-être.

La seule chose qui me vient à l'esprit est d'aller à cet endroit et de chercher une montagne à sept heures. Parce que nous sommes à l'intérieur de l'une d'elles ici, dans le secteur Kodiak.

Oui, on a collecté un peu d'infos sur la grotte dans la montagne, mais il y a beaucoup de montagnes ici.

Je sais, marmonné-je en m'éclipsant de nouveau pour éviter d'être frappé par le poing d'un autre Alpha. Ils sont des dizaines à envahir l'endroit, mon frère a dû déclencher une sorte d'alarme.

Il sourit, l'air victorieux.

Mais cette expression ne dure pas longtemps, car ma bête apparaît dans mes yeux.

Je laisse très rarement libre cours à ma rage intérieure,

quoique je l'aie déjà fait une fois le mois dernier. Et je m'apprête à le faire à nouveau.

Je fais craquer mon cou, les bras ballants le long du corps. Puis je cède à l'envie de *tuer*.

Spruce reste bouche bée en me voyant arracher la tête d'un Alpha proche et la jeter à terre sans hésiter une seconde.

Car c'est là où je suis le plus fort – quand je suis en colère.

J'embrasse toute la fureur de mon enfance. Une fureur que notre père m'a appris à stimuler et développer. Une fureur que je m'apprête à déchaîner sur tous ces connards. Et plus spécialement sur mon *jumeau*.

Il gronde. Et je gronde en retour.

Puis je me jette sur lui en me foutant complètement de tous ses amis. Car c'est entre mon frère et moi. Un homme que j'aurais dû traquer et tuer il y a longtemps. Mais il a corrompu mon esprit. Je vais donc lui rendre la pareille.

Je le frappe avec un éclair de pouvoir issu de ma paume, imprégné d'une rune que j'ai créée mentalement. Car je n'ai pas besoin de les dessiner. Je *suis* le créateur des protections. Elles existent en moi. Je pense à elles et elles apparaissent. Et elles font tout ce que je veux qu'elles fassent. Comme tisser une toile dans l'esprit de mon frère, lui donner une dose de son propre chaos brumeux.

Il tousse, puis se saisit la gorge, essayant de respirer. Je ne le laisse pas faire. Je demande à la toile de grandir, s'étendre et prendre le contrôle de son espace mental. Je veux qu'il se sente *bloqué* et *sous mon emprise*.

Il essaie de riposter via le lien que Cillian a désactivé — je le sens résonner dans ma tête. Mais je le repousse, reconnaissant d'être *libre*.

C'est alors que j'entends un cri d'Ashlyn qui me fait presque tomber à genoux.

Notre connexion *palpite*. Sa terreur résonne en moi et me force à renoncer à mon contrôle sur Spruce. Alors il se jette de nouveau sur moi, me balance un coup de poing au menton, et le cri d'Ashlyn s'évanouit.

Putain.

Il n'était pas réel. Spruce l'a fabriqué d'une manière ou d'une autre. Mais il paraissait tellement…

Un autre coup de poing me brise le nez. Une main m'agrippe la gorge mais je m'éclipse une fois de plus, échappant de justesse à la ruse de mon frère.

Je crée une rune et la lance droit sur son cœur avant même qu'il réalise que je me suis matérialisé, puis j'en lance une autre sur sa tête, sa gorge, son aine. Toutes ces runes le jettent à terre en une série de chocs qui le font tressauter sur le sol.

J'en ai fini avec tout ce qui se passe entre nous. Un jeu. Un lien fraternel. Je m'en fous complètement. Ce *cri* est le dernier qu'il mettra jamais dans ma tête.

J'abats deux Alphas en me précipitant vers lui, leur brise le cou d'un violent mouvement de torsion – un dans chaque main –, cédant à ma *rage*. C'est un côté brutal de ma personnalité que je laisse rarement voir au monde. Mais Spruce a mérité ma fureur.

Je lui lance d'autres runes pour m'assurer qu'il reste à terre. Puis je cherche quelque chose de tranchant.

Or tout ce que je vois, c'est la cage de verre qui emprisonne notre sœur. Je cours vers elle, sans me soucier du fait que cette chose va se briser en mille morceaux, et je bondis pour me jeter de tout mon poids contre la vitre.

Nikiski a dû me voir arriver dans une vision, car elle est déjà à terre, mon corps au-dessus d'elle tandis que des bris de verre volent partout. J'atterris sur elle, recevant le plus gros des éclats. Puis je saisis un morceau particulièrement déchiqueté à la base de la cage et l'arrache à mains nues.

Il me brûle la main et m'entaille la peau, mais je m'en fous.

Je m'avance et plante le bout pointu dans le cou de mon frère. Puis je le poignarde encore et encore, pendant qu'il hurle dans ma tête. Je l'entends à peine par-dessus le souvenir du cri d'Ashlyn.

Je ne vois plus que du *rouge*. Du sang. De la violence.

De la rage. De la rage. De la rage.

Le lien qui m'unissait à lui meurt à l'instant où la lumière s'éteint dans les yeux de Spruce, mais je ne cesse de le poignarder jusqu'à ce que le dernier fil soit sectionné.

Il doit *brûler*.

Mais un cri de Nikiski me fait pivoter vers elle alors qu'une horde d'Alphas s'approche en salivant.

Elle ne peut pas rester ici, pensé-je.

Je m'en occupe, répond Cillian, me rappelant qu'il est là quelque part. Mais pas dans la caverne.

Quoique l'instant d'après, Cillian, Kieran, Cael et Lorcan apparaissent ensemble dans une magie scintillante, vêtus de noir, armes à la main.

Nikiski se jette dans les bras de Cael, s'accroche à lui comme si elle le connaissait, juste au moment où il ouvre le feu sur les trois Alphas qui s'approchaient d'elle.

Puis Cillian se retourne et me lance quelque chose que j'attrape en plein vol.

Une grenade incendiaire miniature.

Réfrénant un rire, je m'agenouille et arrache la goupille, puis fourre le petit objet dans la bouche de Spruce. Je soulève son corps, le jette par-dessus ma tête et m'écarte quand la grenade explose derrière moi. Une odeur de chair brûlée se répand, et la vie de mon frère s'éteint complètement.

Je jette un coup d'œil par-dessus mon épaule afin de

m'assurer qu'il est bien en feu. Je n'éprouve rien d'autre que de la fureur en voyant son cadavre se désintégrer.

Malgré tout, je ne lui en veux pas. Je m'en veux à moi-même. Parce que j'aurais dû savoir qu'il était vivant. Bien sûr, il m'a embrouillé l'esprit. Mais je ne l'ai même pas senti. Cependant, Ce brouillard furtif explique comment il savait pour Ashlyn. Et aussi pourquoi il avait apparemment choisi de la prendre pour cible.

Mais cela n'explique pas comment il en est venu à diriger ce groupe d'Alphas ni ce qui s'est passé au juste entre Nikiski et lui.

Elle me lance un regard de ses yeux noirs écarquillés. Sûrement parce que je suis couvert de sang et toujours en mode sauvage. Ça ne va pas s'arrêter de sitôt.

— Grey, murmure-t-elle.

— Niki, réponds-je, employant le surnom que je lui avais donné dans son enfance.

Elle accourt vers moi et se jette dans mes bras, sans se soucier du sang.

— Je suis vraiment désolé, fillette, lui dis-je, employant un autre surnom de notre enfance. J'ai essayé de te retrouver depuis cette nuit-là…

— Je sais, murmure-t-elle. J'ai vu tes efforts, grand frère. (Elle s'agrippe à moi, la tête enfouie dans mon cou.) Merci, Grey. C'est toi qui m'as permis de rester saine d'esprit. Toi et Cael, je veux dire.

— Tu l'as vu aussi ? lui demandé-je en croisant par-dessus sa tête le regard de mon meilleur ami, qui se tient à côté de trois Alphas morts.

Kieran, Lorcan et Cillian se sont occupés des autres.

Ils ne pourront pas rester ici longtemps avant que d'autres meutes du Z-Clan se pointent. Mais je doute qu'aucun de ces Alphas ait la capacité de nous bloquer comme mon frère l'a fait avec moi.

— Chaque nuit, chuchote Nikiski, me faisant froncer les sourcils.

Puis je me souviens de ce que j'ai demandé : si elle avait vu Cael aussi.

— Oh, fais-je.

— Tu dois partir, dit Nikiski en me lâchant. Tu dois partir *maintenant*.

Ces mots ressemblent à ceux que j'ai entendus il y a quelques heures à peine. Ce qui fait manquer un battement à mon cœur.

— *Ashlyn…*

— Je te reverrai dans le secteur Lunaire, promet Nikiski. Merci, mais *vas-y*.

Pendant un instant, je suis déchiré. J'ai passé un siècle à essayer de retrouver ma petite sœur et je m'attendais à ce qu'elle ait besoin de mon réconfort pour guérir.

Mais elle me dit d'aller chercher ma compagne. *Ma compagne en très grand danger…*

Je soutiens le regard de ma sœur pendant un autre instant.

Puis je m'éclipse et ressurgis en plein chaos.

Il y a du sang partout. Des grognements. Des grondements. *Des hurlements.*

Et mon Oméga… *qui crie sur le lit.*

18

ASHLYN

TERRES NOMADES, CANADA
ENVIRON UNE MINUTE PLUS TÔT

LES PROTECTIONS SONT TOMBÉES. *Toutes, sans exception.*

C'est un constat effrayant qui rend le silence dans la maison encore plus redoutable.

J'attends, le compte à rebours s'égrène dans ma tête.

Puis un craquement retentit dans l'escalier alors que le premier Alpha gravit les marches. Je n'essaie pas de voir son visage, je me focalise uniquement sur son torse et j'appuie sur la détente dès qu'il apparaît.

Des grondements résonnent dans et hors de la maison. Ma position est révélée à présent, et des bottes martèlent le parquet.

Je verrouille et recharge, puis tire. Verrouille et recharge, puis tire. Encore et encore, jusqu'à ce que le fusil soit vide et qu'il ne me reste plus que deux revolvers.

J'en prends un dans chaque main et je hurle quand trois Alphas entrent dans la pièce en même temps. Je tire en rafale, projetant leurs corps à terre, leur sang gicle dans la chambre et m'éclabousse.

Je ne vais pas tenir longtemps.

Ils sont bien plus nombreux que mes balles. Mais je continue à tirer. Jusqu'à ce que le *clic* m'indique que je n'ai plus de munitions, résonnant dans mon esprit telle une onde de souffrance.

Car la dernière seconde s'est écoulée. *C'est fini.*

Cependant, je ne peux pas rester là sans rien faire, alors je me mets à genoux en poussant un hurlement rageur, défiant les Alphas de m'attraper.

Peu importe que mon esprit soit à moitié perdu dans mes chaleurs.

Je. Ne. Me. Soumettrai. Pas.

Et je le démontre par un cri guttural au moment même où Grey apparaît dans la pièce, les yeux ronds en me voyant au milieu du lit, couverte de matière cervicale et d'autres morceaux sanglants innommables.

Puis un grognement retentit à la porte, et Grey se précipite pour terrasser l'Alpha. Il pousse un grondement furieux qui me fait vibrer jusqu'à ma matrice et me fait tomber sur le lit, ma louve cédant à l'appel de son Alpha. Sauf que c'était un grondement de domination et d'agressivité destiné à ceux qui nous entourent, suivi d'un hurlement qui clame sa revendication pour que tout le monde l'entende.

À moi, dit ce cri. *Cette Oméga est* à moi.

C'est ainsi que je sais que je suis tombée dans un rêve. Car rien de tout ça n'est réel. Cela ne peut pas arriver.

Grey est avec sa sœur maintenant, il la sauve et la met en sécurité. Il ne peut pas être ici. Ce n'est pas ce que les visions m'ont montré dans le passé. C'est une illusion.

C'est ainsi que mon esprit trouve la paix alors que mon corps est détruit…

— Ashlyn.

La voix de Grey me submerge, son ton est si authentique que je souris.

— Alpha.

C'est tout ce que je peux dire. Je suis en feu à l'intérieur et à deux doigts de perdre pied avec la réalité. Mais je veux me souvenir de ce fantasme, celui où Grey me choisit.

Car personne ne m'a jamais choisie jusqu'à présent. J'ai toujours tout sacrifié pour les autres, sans jamais rien attendre en retour. Mais ça fait du bien de rêver d'être mise au premier plan pour une fois.

D'être sauvée…

Je soupire quand l'odeur de Grey m'enveloppe. *De la neige tombant sur des conifères.* Elle est si forte que je pourrais presque croire qu'il est réel.

Tout comme son ronronnement. C'est une vibration contre mon oreille qui plaît à ma louve intérieure.

Les souvenirs de nos moments ensemble m'aident bien, réalisé-je. *Il ne saura jamais ce que ça a signifié pour moi.*

— Ashlyn, murmure-t-il, ses lèvres à mon oreille. Non seulement je suis bien réel, mais je peux capter tes pensées.

J'esquisse un sourire. *Alors c'est certainement le plus beau rêve que j'ai jamais fait.*

— Ce n'est pas un rêve, petite énigme. (Quelque chose d'humide touche ma peau.) Maintenant, lève-toi pour que je puisse te laver.

Je cille, désorientée par mon environnement qui ne me paraît pas tout à fait normal.

Car ce que je vois, c'est du marbre blanc et des carreaux d'obsidienne. Nous sommes dans une salle de bains moderne, assis dans une grande douche.

Je bats des paupières, certaine d'avoir des hallucinations. *Où sommes-nous ?*

— Dans ma tanière au secteur Lunaire, répond-il,

répondant à haute voix à mes pensées. Mais nous sommes tous deux couverts de sang, alors à moins que tu préfères que je te noue comme ça, je te suggère de me laisser nous nettoyer.

Je lui attrape les épaules et j'essaie de me concentrer sur lui. Il vient de dire *nouer*. Et j'en ai très envie, oui. *Pourquoi nous donner la peine de nous laver si c'est pour nous salir à nouveau ?* me demandé-je.

Il approche son visage du mien, nos nez se frôlent.

— Parce que je n'ai pas envie de baiser ma compagne quand elle est couverte du sang d'un autre Alpha. Même si c'était super excitant de te voir descendre tous ces connards avec mes flingues.

De l'eau éclabousse autour de nous, ce qui me fait lever les yeux vers la pomme de douche. Je grimace, n'appréciant pas cette sensation qui me paraît déplacée. Tout ce que je veux, c'est être caressée, léchée et *baisée*.

— Bientôt, ma compagne, me promet Grey.

Ses mains commençant à vagabonder, mais pas comme je le désire. Il nettoie les taches cramoisies sur ma peau avec du savon.

Je ne sais pas comment nous en sommes là. Comment il est arrivé à temps. Comment il a changé le cours du destin.

Mais je… je ne suis pas triste. Je suis ravie. Je suis même excitée. Si excitée que je me penche en avant et plante mes dents dans son torse, juste pour me prouver que tout ça est bien réel.

Il gronde. Je gronde en retour.

Puis une autre couche de notre lien se met en place. Une couche dont j'ignorais qu'elle manquait. Car les Omégas du Z-Clan n'ont pas besoin de marquer leurs compagnons prédestinés.

Mais il n'est pas qu'Alpha du Z-Clan, réalisé-je, les yeux ronds. *Les Alphas du V-Clan ont besoin que cette morsure soit réciproque…*

Grey empoigne mes cheveux et tire ma tête en arrière pour me regarder dans les yeux.

— Je vais te nouer pendant des jours, Oméga. Te faire jouir si fort que tu pourras à peine respirer. Et puis je vais te mordre encore. Parce que je le peux. Parce que je le veux. Parce que j'en ai *besoin*.

— Je pourrais te mordre en retour, l'avertis-je.

— Je l'espère bien, opine-t-il. Maintenant, sois gentille et lève-toi pour que je puisse finir de te laver.

Mes jambes obéissent à son ordre, mon corps semble être sous son contrôle.

À cause de mes chaleurs. Ou peut-être… peut-être simplement à cause de lui. De nous. Je ne sais pas. Et je ne lutte pas contre ça. Je me délecte simplement de la sensation de ses mains sur moi, tout en essayant de retenir mes gémissements face à la souffrance qui monte en moi.

J'ai besoin d'un nœud. J'ai besoin d'être soulagée. *J'ai besoin d'être comblée.*

— Viens, dit-il, m'attirant à lui après s'être rincé. (J'écarte mes cuisses sur lui, et mon vagin pleure pratiquement lorsqu'il place sa queue juste à l'entrée.) Prends-moi, ma compagne. Chevauche-moi et fais-moi tien.

Oh, j'aime ça.

Je descends sur lui et gémis lorsqu'il me remplit complètement. La sensation me coupe le souffle, fait tomber ma tête sur son épaule. Je ne peux que gémir de soulagement. Mais j'ai trop peur de me réveiller, de revivre les horreurs de mon esprit. Des horreurs auxquelles je ne peux m'empêcher de penser maintenant, tandis que des larmes coulent de mes yeux.

Grey m'enlace, me baigne dans sa force.

— Tu es en sécurité, Ash, chuchote-t-il. Je te tiens. Je suis là. Et je te choisirai toujours, petite énigme. Tu es ma moitié prédestinée. Mon Oméga. *Ma compagne.*

Son ronronnement se déclenche sur ces mots, me plonge dans une mer d'énergie apaisante. Je me perds un long moment dans ce réconfort, vivant simplement tout en essayant de maîtriser mes émotions et mon esprit.

Mais tout cela est si vif.

J'entends l'esprit de Grey raconter ce qui s'est passé dans le secteur Kodiak, comment son frère — l'homme que j'ai vu dans la vision de Nikiski — a manipulé leur lien jumeau pendant un siècle. Ce qui explique en grande partie les prophéties hasardeuses concernant mon propre accouplement. Son frère utilisait Nikiski pour manipuler mes capacités de voyance, me forçant à voir des événements faussés.

Tout était flou pour une bonne raison. Et les changements de nos voies… n'étaient pas vraiment des changements. C'était des vérités.

Nous étions destinés à nous accoupler depuis toujours, mais Spruce ne me laissait pas *voir* cela. Il me voulait seule. Effrayée. Prête à tout sacrifier, croyant que Grey avait choisi quelqu'un d'autre. C'était une manipulation cruelle, à laquelle nous avons non seulement survécu, mais que nous avons surmontée. *Ensemble.*

Grey pose sa main sur ma joue et son regard cherche le mien tandis qu'il m'attire vers lui pour un doux baiser.

— Ce n'est que le début pour nous, Ash. Je n'ai pas besoin de pouvoirs divinatoires pour deviner que nous allons accomplir des choses incroyables ensemble.

— Comme démanteler l'organisation secrète ? suggérai-je, étourdie à force de repousser mes chaleurs.

— Comme démanteler l'organisation secrète, répète-t-il. Avec l'aide des autres.

Je hoche la tête.

— Nikiski sait des choses, je pense.

— Oui, acquiesce-t-il. Je le pense aussi.

Il pose son front sur le mien. Et nous restons comme ça à respirer pendant une minute. Puis je bouge subtilement mes hanches.

— Tu peux deviner ce qui vient ensuite ? lui demandé-je.

Pas ce qui vient, mais qui, sourit-il. Et c'est toi, bien sûr, murmure-t-il, prenant mes seins dans ses mains en coupe. Maintenant, chevauche-moi, ma compagne. Emmène-nous vers l'avenir.

— Je suis plus préoccupée par le présent pour le moment, réponds-je en serrant mon fourreau autour de lui. Je ne vais pas rester lucide très longtemps.

— Alors tu ferais mieux de bouger, Ash. Je veux au moins deux orgasmes de ta part pendant que tu es encore consciente. (Il me tire les cheveux, inclinant ma tête en arrière.) Puis je prendrai bien soin de toi pendant que tu seras en chaleur.

— À me nouer pendant des jours ?

— À te nouer pendant des jours, répète-t-il. Je vais prendre tous tes orifices, petite énigme, et te baigner dans mon foutre.

Je frissonne, ses mots provoquant une nouvelle vague de mouille entre mes cuisses.

— Oui, s'il te plaît, Alpha.

— Baise-moi, Oméga. (Il assène une légère claque sur ma croupe.) *Baise-moi maintenant.*

Et c'est ce que fais. Parce que je le veux. Parce que je l'ai choisi. Parce que nous sommes des âmes sœurs. Parce que nous sommes liés, destinés à être ensemble pour toujours.

Et alors que je m'effondre dans son giron, je réalise que

je n'ai plus de visions horribles de notre avenir. Seulement un lien qui se renforce. L'amour. *Et le bonheur.*

Comme il est intéressant que cette danse avec le destin ait commencé quand je suis tombée dans le lac gelé, puis s'est poursuivie après avoir été sauvée des rives glacées du secteur Kodiak. Et a culminé avec une douche chaude dans le secteur Lunaire.

L'évolution d'une relation. Du destin. *De nous.*

19

GREY

SECTEUR LUNAIRE

LES CHEVEUX clairs d'Ashlyn contrastent fortement avec mes draps de lin noirs. Mais ça me plaît. Surtout qu'elle est en train de ramper partout sur mon lit pour le transformer en *notre* nid.

Appuyé contre le montant du lit, je la regarde s'affairer.

Elle est toujours dans les affres de ses chaleurs, mon Oméga excitée a besoin de mon nœud toutes les heures. Cela ne me dérange pas. Prendre soin d'elle est la meilleure sensation au monde.

— J'ai hâte de rencontrer ta louve, lui dis-je, impatient de voir sa fourrure blanche.

Je sais qu'elle sera de la même couleur que la mienne.

Elle me lance un regard, ses grands yeux bleus dansent sur moi et s'attardent à admirer mon nœud. Mais au lieu de venir le toucher, elle retourne à sa tâche consistant à déplacer les oreillers et à disposer les vêtements à des endroits précis. Mes draps sont tout emmêlés, ce qu'elle a fait avec ses jambes.

— Tu as besoin d'autres couvertures ? lui demandé-je.

Ashlyn me regarde encore, puis reprend son travail.

Elle a beaucoup fait cela ces derniers jours, son comportement non verbal étant plutôt amusant, compte tenu de son penchant pour les énigmes.

Tout ce qu'elle veut, c'est que ma bouche me serve à autre chose que parler, ce qui me convient parfaitement. J'adore son goût. J'adore la faire jouir. Putain, je suis quasi sûr que je l'aime. Ce qui paraît un peu insensé, mais son esprit est sacrément fascinant. Je savais déjà qu'elle était altruiste. Cependant, capter certains de ses souvenirs et ses réflexions à leur sujet me le confirme encore plus.

Cette Oméga est spéciale, et pas seulement parce qu'elle peut voir l'avenir. C'est aussi une femme extraordinaire. Elle choisit soigneusement ses phrases et ses mots pour aider les autres à trouver leur voie. Elle se sacrifie pour assurer la survie de ses amis. Elle a fait en sorte que je retrouve ma sœur, quel qu'en soit le prix à payer.

C'est une martyre.

C'est une qualité que j'admire, mais dont nous discuterons davantage lorsqu'elle aura recouvré ses esprits. Car elle ne peut pas continuer à se mettre en danger pour sauver les autres. Mon loup ne le permettra pas.

À la place, nous travaillerons ensemble. Nous grandirons en tant que couple. Nous embrasserons l'avenir en tant que compagnons liés.

Heureusement, je n'ai pas hérité de ses talents de voyance. Mais je suis ravi qu'elle sache créer des runes. Elles lui seront très utiles pour se protéger.

— Alpha.

Elle me présente sa croupe, ce qui me fait sourire.

— Tu veux étrenner le nid ? lui demandé-je.

Je viens m'agenouiller derrière elle et pose ma queue sur son joli petit cul.

— Noue-moi.

Sa demande est mignonne. J'embrasse son omoplate, puis je la fais pivoter et l'allonge sur le dos. Elle grogne, car elle voulait clairement que je la baise par derrière. Dommage pour elle, je veux le faire par devant afin d'embrasser sa bouche talentueuse.

Je m'enfonce en elle d'un seul coup, sa mouille est abondante et chaude.

Elle se cambre contre moi, je prends ses seins dans mes mains et me penche pour presser mes lèvres contre les siennes. Elle s'ouvre à moi, attendant ma langue. Puis elle gratte mon dos avec ses ongles pour m'inciter à bouger.

J'adore ce côté sauvage chez elle. Il s'accorde aux besoins bestiaux de mon loup. Et ça rend la baise tellement plus amusante. Car elle donne autant qu'elle reçoit.

Elle semble également très friande de marques, ce qu'elle fait maintenant en me mordant la lèvre inférieure. Je lui rends la pareille, elle pousse un cri, puis m'agrippe les épaules et se frotte contre ma queue.

Elle est forte pour une Oméga. Et j'adore ça.

— Tu es parfaite, la félicité-je. Et ta chatte est incroyablement bonne autour de ma bite.

Elle halète contre ma bouche, me suppliant muettement lui donner ce qu'elle désire. Cela ne prend pas longtemps, nos corps sont préparés l'un à l'autre et explosent ensemble dans un rugissement d'extase.

Notre bonheur dure des heures, sa chatte traie mon nœud jusqu'à ce que je jure qu'il ne reste plus rien en moi. Alors elle se love dans mes bras, pose la main sur ma poitrine qui ronronne, et déclare :

— J'adorerais aller courir avec toi, Alpha Grey.

Mes lèvres se contractent.

— Depuis combien de temps es-tu lucide ?

— Plus ou moins depuis que j'ai commencé à créer notre nid, avoue-t-elle. Mais j'ai plutôt apprécié de te faire me nouer.

— Me *faire* te nouer ? (Je ris.) Petite énigme, tu n'as pas besoin de me faire faire quoi que ce soit. Je t'ai déjà dit que je voulais vivre en toi.

Elle sourit.

— Peut-être pour mes prochaines chaleurs.

— Tu as une vision ? lui demandé-je d'un ton moqueur.

Cette partie de son esprit est verrouillée, cachée à notre lien, ce qui est tout à fait préférable. Je n'ai aucun intérêt pour la divination.

— Si c'était le cas, je ne te le dirais pas. (Elle me tapote le nez.) Je ne voudrais pas risquer de changer l'avenir.

— Hmm. (Je me redresse sur mon coude et la regarde.) À propos d'avenir, j'ai pris une pilule contraceptive masculine pour ce cycle, ne sachant pas trop ce que tu penses des enfants.

Elle me dévisage.

— J'aime les enfants.

— Ce n'est pas la même chose que d'en vouloir.

— J'en veux, me dit-elle. Mais pas encore. Nous ne sommes pas prêts.

J'acquiesce, désormais certain qu'elle a bien vu quelque chose.

— J'attendrai ta confirmation.

— Tu n'auras pas besoin de ma confirmation, tu le sauras. (Ses paroles énigmatiques confirment mon intuition qu'elle a eu une vision.) On va d'abord démanteler l'organisation secrète, rendre le monde plus sûr… pour les enfants.

Je fronce les sourcils.

— Tu nous as *vus* faire ça ?

— Non. (Ça semble l'agacer.) Nous allons donc devoir en faire notre réalité.

— J'accepte ce défi.

— Ça, je le sais déjà. (Elle lève les yeux au ciel.) C'est Cael qu'il faut convaincre.

— Il essaie de démanteler ce groupe depuis aussi longtemps que moi. Il n'aura pas besoin d'être convaincu.

— Oh, je ne parle pas de ça.

Je la dévisage à mon tour.

— Bien sûr que non.

Pourquoi pas changer de sujet au milieu d'une conversation ? Je retiens un éclat de rire. *La vie avec une voyante...*

— C'est lié, murmure-t-elle, toujours énigmatique. Une fois qu'il aura accepté, nous travaillerons en équipe. Mais il doit y croire aussi.

— Je ne comprends rien à ce que tu racontes, petite énigme.

Elle sourit.

— Je sais, mais tu comprendras bientôt. (Elle se pelotonne contre moi.) Merci de ne pas lutter contre le destin, compagnon. D'après ce que j'ai vu, refuser son destin serait épuisant.

Je réfléchis à ses paroles et comprends qu'elle parle toujours de Cael.

Quel destin va-t-il refuser ? me demandé-je.

Puis je me souviens des paroles de ma sœur qui disait voir Cael toutes les nuits.

— Oh, merde... (Ma sœur croit que Cael est son âme sœur.) Ça ne peut pas être bon.

En fait, c'est tout le contraire. C'est carrément *mauvais*.

Ashlyn hausse les épaules.

— Le temps nous le dira. (Elle bâille.) J'aimerais la rencontrer correctement demain, s'il te plaît. Je ne sais toujours pas ce que signifie ce sept.

— À sept heures d'horloge, depuis là où je t'ai trouvée dans l'eau, lui expliqué-je.

Ashlyn bat des paupières.

— Oh. (Elle esquisse une moue.) J'aurais dû comprendre.

— Tu les as envoyés me chercher dans le secteur Kodiak, lui dis-je. C'est tout ce dont ils avaient vraiment besoin.

Et même là, j'avais presque tout réglé sans eux. Enfin, après que Cillian m'a aidé, en tout cas. Je devrais le remercier pour ça.

— Un déjeuner avec Ivana et Cillian, oui, opine Ashlyn en souriant.

— Je n'ai rien dit, Ash.

— Non, mais j'ai vu le plan se former et je peux en voir le résultat final. J'approuve.

Je la fusille du regard.

— Donc tu peux partager cette info sur l'avenir, mais tu ne peux pas me dire ce qui va se passer entre ma sœur et mon meilleur ami ?

Elle hausse de nouveau les épaules.

— Leur avenir est trop important pour que je m'en mêle ou que je risque de le perturber. Un déjeuner avec Ivana et Cillian est bien plus anodin.

— Je vois, murmuré-je en continuant à darder mon regard sur elle. Et si tu me disais quand je te nouerai à nouveau ?

— Oh, tout de suite, bien sûr, répond-elle en enroulant sa main autour de ma queue. Mais tu vas d'abord jouir dans ma bouche parce que j'ai faim.

Et je bande aussitôt.

— Alors tu ferais mieux de chevaucher mon visage et de me nourrir aussi, ma compagne.

Ses yeux scintillent.

— Dessert pour deux, ça vient de suite.

Mais au lieu de se mettre en position, elle m'embrasse, sa langue reposant contre la mienne.

— Je peux changer ma présentation ?

— Ta présentation ?

Elle hoche la tête.

— Je veux me présenter à nouveau.

— À ma bite ? demandé-je avec espoir.

— Non, Alpha. (Elle me donne une petite tape espiègle sur la poitrine.) À toi.

Je hausse un sourcil, intrigué, je l'avoue.

— D'accord.

Elle sourit et se redresse, faisant se balancer ses seins – ce qui est très distrayant.

— Salut. Je m'appelle Ashlyn, Oméga du Z-Clan. Je n'ai pas rejoint le programme d'accouplement pour trouver un partenaire, mais j'en ai trouvé un quand même. Et je n'en suis pas fâchée.

— Non ?

Elle secoue la tête.

— Non, pas du tout. Il a un nœud énorme et une langue bien pendue. Oh, et c'est une bête dans le nid.

Je glousse.

— Eh bien, ravi de te rencontrer, Ashlyn. Je suis Grey, un Alpha hybride qui est vraiment très dur et qui veut nouer son Oméga maintenant.

— Tu devrais sans doute le faire, alors. Peut-être la revendiquer à nouveau, aussi.

— Je commence à croire que tu es une fétichiste des morsures, ma chérie.

— Seulement avec toi, murmure-t-elle. Maintenant,

mets tes mains derrière ta tête. Je vais t'étouffer avec ma mouille.

— *Foutre*, Ash.

Les choses que cette femme a commencé à me dire...

— Oui, c'est le dessert, murmure-t-elle

Elle se penche pour m'embrasser tandis que je place mes bras comme elle me l'a demandé.

— Tu te rends compte que je cède à ta propension à prendre le dessus ?

Elle esquisse un sourire, ses yeux brillent d'amusement.

— Ne t'inquiète pas, Alpha. Je me soumettrai quand tu l'exigeras.

Sur ces mots, elle bouge et m'offre sa chatte à lécher. Ce que je fais. *À fond.*

Tout comme elle me prend tout entier dans sa bouche, sa langue tournoyant autour de mon gland pendant qu'elle branle ma queue.

C'est exaltant, excitant et si phénoménal que je manque la noyer dans ma semence. Mais elle avale tout.

Parce qu'elle est ma compagne parfaite. Ma belle Oméga. *Mon Ashlyn.*

— J'ai envie d'aller courir maintenant, murmure-t-elle d'une voix un peu rauque suite à nos activités « dessert ». Tu peux nous éclipser quelque part où nous transformer ?

Je m'apprête à lui conseiller de prendre une douche d'abord, ou de manger, mais je perçois l'impatience dans son esprit. Alors je la prends dans mes bras et nous emmène dans l'un de mes endroits préférés du secteur Lunaire. C'est un lopin de terre plate couverte de neige. C'est calme et paisible, parfait pour que nos loups puissent enfin se rencontrer.

— Merci, dit Ashlyn.

Je devine qu'elle ne me remercie pas seulement pour cette expérience. Elle me remercie d'avoir changé son avenir. De lui avoir ouvert les yeux sur un nouveau destin. *De l'avoir choisie…*

— Je remercie le destin de nous avoir réunis, lui dis-je, sincèrement. Maintenant, présentons nos bêtes.

Je décide de me transformer en premier et j'adore comme elle est bouche bée après que j'ai secoué ma fourrure.

Mon loup est énorme. Et elle *aime* manifestement qu'il soit énorme.

— Tu es magnifique, me dit-elle en tendant la main vers le pelage de mon loup.

Il se penche vers elle et ronronne en réponse à son contact.

Puis elle recule d'un pas et révèle sa petite louve blanche.

Tu te trompes, petite énigme, lui pensé-je. *C'est toi qui es magnifique.*

Sa louve se pavane en réponse, puis fait un petit bond dans la neige.

Je ne sais pas trop quand elle s'est transformée la dernière fois, mais je suppose que cela fait un moment. Car son animal semble ravi d'être libre.

Ma bête comprend ce sentiment et ronronne encore plus fort. Puis il lui mordille le talon, exigeant une partie de chasse.

Je suppose que certains jeux valent la peine d'être joués, songé-je. Surtout ceux qui impliquent de courir après ma compagne.

Dès qu'elle s'élance, mon loup se lance à sa poursuite avec enthousiasme, et nous nous livrons à notre première danse officielle en tant que loups liés.

Nous nous ébattons dans la neige. Nous nous poursuivons l'un l'autre. Nous acceptons notre destinée.

En tant que compagnons éternels.

ÉPILOGUE

CAEL

— Ils sont déjà accouplés, dis-je à Kieran O'Callaghan. Que veux-tu que je fasse ?

— L'Alpha Grey aurait dû suivre les protocoles appropriés, répond le roi du secteur Sanglant d'un ton désapprobateur. Ils faisaient tous deux partie du programme.

— Oui, et bien que je respecte l'objectif du programme d'accouplement, Ashlyn et Grey n'auraient jamais dû être candidats. Et on sait aussi tous les deux qu'Ashlyn n'a pas rejoint le programme pour trouver un compagnon.

— L'intention ne retire pas automatiquement une Oméga de la liste des candidates.

— Mais le choix devrait le faire, rétorqué-je, ce qui fait serrer les dents de l'Alpha à l'écran. Elle a *choisi* Grey, Kieran.

Je renonce au titre formel, ce que je fais rarement. Mais le roi du secteur Sanglant me semble davantage un allié qu'un adversaire ces derniers temps. J'aime le fait qu'il se soucie des Omégas. C'est un trait de caractère que nous partageons.

— Je me rends compte que ça peut te mettre dans une position délicate en termes d'explications, mais il ne s'est rien produit de fâcheux, soulignai-je.

Il grogne.

— Et combien de temps l'Alpha Grey a-t-il eu Ashlyn sous sa garde avant de retourner finalement sur le territoire du V-Clan ?

Je souris.

— Tu devrais peut-être poser cette question à Ashlyn ?

Ses yeux sombres fixent les miens, leur intensité réveillant mon loup intérieur.

— En fait, elle m'a déjà envoyé un message via un canal sécurisé auquel elle ne devrait pas avoir accès.

— Je feindrais bien la surprise, mais je suis fatigué, avoue-je.

Ce n'est pas un mensonge. Je suis vraiment épuisé.

J'ai passé les derniers jours à éviter une certaine Oméga : Nikiski, la sœur cadette de mon meilleur ami. Cette pauvre fille semble avoir un complexe de culte du héros, pensant que parce que je lui ai sauvé la vie, nous sommes destinés à être compagnons. Et mon loup intérieur est bien trop intrigué par la forme de *culte du héros* qui pourrait l'intéresser.

C'est carrément mal.

Et ce qui est encore plus mal, c'est que son corps nu et toutes ses satanées courbes ne me sortent pas de la tête.

On l'a sauvée de sa détention dans une grotte, putain. Et mon nœud est là à vouloir lui offrir une thérapie de rétablissement d'un autre genre.

— Alors je suppose que nous discuterons de ton appel à Oros un autre jour, dit Kieran, ramenant brusquement mon attention sur lui.

— Oros ? je répété-je, feignant la confusion. Quel appel à Oros ?

Kieran me dévisage un moment.

— Tu sais, Dixon et Lorcan formeraient une bonne équipe. On pourrait peut-être les laisser jouer ensemble un jour… en ligne.

Il coupe l'appel sur cette déclaration pas si énigmatique que ça, et je soupire.

Dixon est connu pour être mon moyen de collecter des informations sur les autres, grâce à ses compétences technologiques supérieures. Il est très conscient que Lorcan, le nouveau prince du secteur de la Nuit, est tout aussi compétent, voire plus encore.

Car il a dû apprendre d'une façon ou d'une autre que j'avais appelé le secteur Doré. Un appel auquel je dois donner suite en fixant un rendez-vous physique.

Un autre jour, décidé-je en me calant dans mon fauteuil de bureau. Un autre jour qui arrivera sans doute très bientôt, cependant.

Le secteur Obsidienne.

Je recueille des informations sur ce domaine du Drakon-Clan depuis notre appel. Mais il n'y en a guère de disponibles. Et je n'ai pas eu beaucoup de temps pour enquêter plus à fond sur le secteur Kodiak depuis notre raid de la semaine dernière.

Mais tout est lié, en quelque sorte. Les fêtes de l'œstrus. La traite d'esclaves Omégas. Ce que fait le secteur Obsidienne dans ces labos d'Omégas.

Je tapote mon stylo sur le bureau.

Pour la première fois depuis très longtemps, j'ai l'impression que nous sommes sur le point de découvrir la vérité. Une fois que ce sera fait, nous pourrons tout démanteler. Mettre fin pour de bon à ces activités horribles.

Au moins jusqu'à ce qu'un autre connard s'empare du pouvoir et décide de tout recréer.

Je me frotte la nuque en grognant, irrité par le sort du monde. Irrité par les Alphas. Et irrité par la nouvelle obsession de mon loup pour les putains de fraises.

C'est l'odeur de Nikiski.

Cette odeur est partout, provoquant ma bête intérieure. Me faisant penser à son corps nu blotti contre le mien, en sécurité.

Comment mon ronronnement s'est réveillé.

Comment elle s'est lovée contre moi.

Comment elle m'a regardé avec audace et m'a dit : « Emmène-moi chez toi, Alpha. Je suis prête à être tienne. »

Cette femme était en captivité, pourtant elle avait l'air d'aller parfaitement bien. C'est un rôle qu'elle joue, j'en suis sûr. Mais cela montre à quel point elle est forte, ce qui est un aphrodisiaque pour ma bête.

Je veux juste être nez à nez avec elle et la pousser à bout.

Ce qui est ridicule.

Et ça n'arrivera jamais.

Elle est une Oméga sous ma garde dans le secteur Lunaire à présent. Je l'enverrais bien au Sanctuaire dans le secteur de la Nuit, mais Grey voudra probablement l'avoir près de lui.

Elle est donc sous ma juridiction pour l'instant. Et tout à fait intouchable.

Des âmes sœurs, pensé en grommelant. *Il n'y a pas d'âmes sœurs pour un Alpha comme moi.*

Chassant cette absurdité de mon esprit, je me concentre à finir mon travail dans mon bureau. Puis je ferme tout.

Il est temps d'aller courir sous ma forme de loup.

J'ai une énergie anxieuse à évacuer.

Et une Oméga à oublier…

L'histoire de Cael est la prochaine dans *Le Secteur Lunaire…*

Mon âme sœur ne croit pas au destin.
Quand je lui dis qu'il est à moi, il rejette notre
lien.
Mais je n'abandonne pas...

Le prince Cael hante mes rêves depuis un siècle.
C'est à la fois un avantage et une conséquence de mes
talents psychiques.

Quand je le vois enfin en personne, je lui avoue mes
sentiments.
Mais il m'informe que les Alphas du V-Clan n'ont pas
d'âme sœur.

Eh bien, c'est dommage, car les Omégas du Z-Clan, elles,
en ont.
Et cet Alpha est *à moi*.

Notre destin est entremêlé à l'organisation secrète qu'il traque depuis un siècle.

Il n'a aucune idée de ce qui l'attend. Mais j'ai rêvé de notre avenir.

Il est sombre. Tordu. Et semé de morts.

S'il n'accepte pas notre lien, cela pourrait tout changer. Je ferai tout ce qu'il faut pour qu'il cesse de me voir comme la petite sœur de son meilleur ami et commence à m'accepter comme sa *compagne*.

Note de l'auteure : *Le Secteur Lunaire* est une romance indépendante mettant en scène des métamorphes dans un monde obscur où l'on trouve des nœuds, des nids, des grognements et beaucoup, beaucoup de ronronnements. Le prince Cael refuse peut-être d'accepter sa compagne prédestinée, mais quand il tombera amoureux, ce sera pour de bon…

LEXI FOSS

L'auteure à succès d'*USA Today* Lexi C. Foss est une
écrivaine perdue dans le monde de l'informatique. Elle vit
à Holly Springs, en Caroline du Nord, avec son mari et
leurs enfants à fourrure. Quand elle n'écrit pas, elle est
occupée à cocher des cases sur sa liste de voyages à faire.
On peut retrouver beaucoup des endroits qu'elle a visités
dans ses écrits, notamment le monde mythique d'Hydria,
inspiré d'Hydra, dans les îles grecques. Elle est excentrique,
boit beaucoup trop de café et adore nager. Tchao !

https://www.lexicfoss.com/Français

Pour être au courant des dernières nouvelles et connaître
les dates de publication, abonnez-vous à ma newsletter:
https://www.lexicfoss.com/la-newsletter-de-lexi

LIVRES DE L'AUTEURE LEXI C. FOSS

Alliance de Sang

L'Esclave du Vampire

Le Vampire Royal

La Triade de l'Alpha

Le Vampire Rebelle

Le Roi Vampire

Le Vampire Cruel

Le Vampire Éternel

Dans l'univers de L'Alliance de Sang

Désire-moi - Nyx/Vesperus

Le Jour du Sang

Faë de Lucifer

La Captive des Faë de Lucifer

Le Directeur des Faë de Lucifer

Le Commandant des Faë de Lucifer

Le Prince des Faë de Lucifer

Le Roi des Faë de Lucifer

Faë de l'Au-delà

L'Oméga perdue

La Fiancée de la Mort

La Malédiction des Immortels

Les Lois du Sang

Des Liens Interdits

Cœur de Sang

Les Liens du Sang

Les Liens des Anges

Chercheur de Sang

Le Poids du Sang

Des Liens Dangereux

Le Roi de Sang

La Reine des Éléments

Livre Un

Livre Deux

Livre Trois

la Nouvelle Génération

La Reine des Faë de l'Hiver

La Reine des Faë de l'Hiver

La Reine des Faë de Minuit

Livre Un

Livre Deux

Livre Trois

Livre Quatre

Le Conte de Faë d'Ella - Un préquel

Les Anges Déchus

Le Commencement

La Princesse Bannie